KB138308

별을 헤다

별을
헤
다

초판 1쇄 인쇄_ 2021년 02월 15일 | **초판 1쇄 발행**_ 2021년 02월 18일
지은이_꿈뜨락애 | **엮은이**_박진향 | **펴낸이**_진성옥 외 1인 | **펴낸곳**_꿈과희망
디자인·편집_윤영화
주소_서울시 용산구 한강대로 76길 11-12 5층 501호
전화_02)2681-2832 | **팩스**_02)943-0935 | **출판등록**_제2016-000036호
E-mail_ jinsungok@empas.com
ISBN_979-11-6186-096-1 43810
※ 책 값은 뒤표지에 있습니다.
※ 새론북스는 도서출판 꿈과희망의 계열사입니다.
ⓒPrinted in Korea. | ※ 잘못된 책은 바꾸어 드립니다.

별을 헤다

꿈뜨락애 지음　박진향 엮음

2021 대구광역시교육청 책쓰기 프로젝트

꿈과희망

열개의 별을 혜다

"'혜다'가 뭐죠?"

최종 인쇄본을 받은 분들이 하나같이 묻는 말이다. '혜다'는 중세 국어로 '헤아리다, 생각하다'라는 뜻이다. 자신의 꿈을 상징하는 '별' 과 나란히 놓여, 2020년 신명 책쓰기 동아리 꿈뜨락애는 자신의 꿈 을 생각하고 그린 글 열 편을 모아 '별을 혜다'라는 책을 완성했다.

2019년 3월, 교직을 시작하고 오랫동안 신문반을 담당하다가 처음 으로 책쓰기 동아리를 맡았다. 책을 쓰고 싶어서 온 아이들은 좀 달랐 다. 정말 참한 아이들이 모였다. 그 아이들과 한 해 동안 다양한 활동 을 하고 책을 출판한 경험은 나에게 신문 발간과는 결이 다른 성취감 과 뿌듯함으로 남았다. 그래서 2020년에도 고민 없이 책쓰기 동아리 를 맡았다. 그런데 2020년의 상황은 2019년과 너무 달랐다. 코로나 19로 인해 동아리 부원 모집부터 덜컹거리기 시작하더니 교사 입장에서 개성이 너무도 강한 아이들이 모였다. 게다가 대면할 수 있는 시간도 너무 적어 현실적으로 책을 완성하는 것이 불가능할 것 같았다.

하지만 한 해가 다 지난 지금 얻은 결론은, 아이들은 교사가 생각하는 것보다 훨씬 더 능력 있는 존재라는 것이다. 열 명 모두가 기대 이상으로 자신의 몫을 감당해 주었고, 지금은 자신들의 책이 출판된다는 사실에 한껏 상기되어 있다. 아이들은 진솔하면서도 기발했다. 마케팅이 꿈인 아이는 조선 시대에 가서 사업에 성공했고, 의료 분야로 가고 싶은 아이는 자신의 지식을 총동원하여 스스로 질병을 창작하고 치료법도 만들었다. 상담사가 꿈인 아이들은 자신과 비슷한 아이를 내담자로 설정해 자신의 고민을 차근차근 풀어 나갔으며, 프로게이머를 거쳐 라이트 노벨 작가라는 다소 생소한 직업의 주인공을 그린 아이는 작품 속에 요즘 열여덟 살 남학생의 머릿 속을 펼쳐 놓았다. 물론 대다수의 아이들이 고민하는 꿈이 없음을 그린 아이도 있다. 아이들은 자신들의 고민과 꿈을 담은 글을 쓰는 몇 개월에 걸쳐 자신의 별을 헤는 시간을 가진 것이다.

책쓰기 동아리는 2020년에도 여전히 고등학교 국어 교사인 나를 실망시키지 않았다. 자신의 꿈에 빠져 별처럼 반짝이는 열일곱, 열여덟 살 아이들과의 소중한 만남을 선물해 줬으니 말이다.

박진향(지도 교사)

무의식증
Repression Disorder

홍미영

Repression Disorder(무의식증)
방어 기제 중 하나인 억압(repression)의 심화 증상. 억압은 의식에서 용납하기 힘
든 생각, 욕망, 충동을 무의식 속으로 가두어 버리려는 것이지만, 무의식증은 그와 반
대로 이성적인 사고(의식)를 숨기고 본능과 욕구만을 해소하려고 하는(무의식) 증상

지이잉 지이잉 지이잉 … 톡.

심히 예민한 감각 때문인지 작은 진동에도 잠이 확 깬다. 오늘도 찌뿌둥한 몸을 이끌고 침대에서 내려온다.

'차라리 나도 그 병에나 걸렸으면……'

"아니 무슨 생각을 하는 거야?"

쓸데없는 생각은 그만두고 출근 준비를 시작한다. 늘 그렇듯 멍을 때리며 짧은 샤워를 마치고, 머리에 수건을 싸고 옷을 입는다. 얼마 전 짧게 자른 머리는 드라이 시간을 크게 단축했고, 항상 아슬아슬하게 병원에 도착하던 나는 이제 간단히 아침을 먹을 여유도 생겨났다. 매일의 아침은 시리얼이다. 어릴 때나 먹던 시리얼을 몇 년 전 다시 먹기 시작했지만, 똑같이 맛있었다.

"최근 청년들에게…고 있다는 무의식증은 점점 더… 거의 바이러스라고 봐도… 치료법은 아직 정확히… 바 없다고 전해집니다. 기상 정보입니다. 오늘은 전국이 대체로 맑겠고 예년보다 추운 날씨가 이어질 것으로,"

파앗!

정갈하고 딱딱하게 잘 흘러나오던 목소리가 갑자기 멈춘 이유는 집에서 나갈 시간을 알려주기 위해서이다. 항상 멍을 때리다 나갈 시간을 놓치던 내게 재작년 이맘때쯤 언니가 추천해 준 방법이었다. 저 알람이 생기고 나서도 나의 게으른 몸은 오랫동안 빠릿빠릿해지지 않았다. 하지만 지금은…….

평소 즐겨 신는 뮬 스니커즈에 발을 대충 끼워 넣고는 말한다.

"언니, 나, 갔다 올게."

끼이익.

현관에서 가장 가까운 방의 문이 스르르 열리며 눈에 띄게 하얗고 뿌연 동공의 눈동자를 가진 여자가 얼굴을 삐죽 내민다. 얼굴을 내밀어 나인지 아닌지 모를 곳을 응시할 뿐 어떠한 말도 하지 않는다. 그러다 갑자기 화장실로 뛰어 들어간다. 이젠 이런 일도 익숙하다. 살짝 미소를 지어 보이곤 문을 닫는다.

삑, 삐리리리릭.

제대로 잠긴 소리가 나서야 안심하고 복도를 걸어간다.

참 편하다. 의사는 가운 하나만 걸치면 된다. 특히나 우리 과의 경우는 수술할 일이 없어 굳이 가운을 벗고 수술복으로 갈아입을 일이 거의 없다.

"지현 쌤, 좋은 아침!"

"안녕하세요!"

탈의실에서 가운을 꺼내는 중에 바로 옆에서 동료 의사가 인사를 건넸다. 평소처럼 최근 뻐근해진 관절을 어떻게 되살릴지 열띤 토론을 하고 싶었지만, 오늘은 출근하자마자 진료가 잡혀 있어 더 오랜 시간 그 자리에만 있을 수는 없었다. 그렇기에 간단한 안부만 묻고 먼저 탈의실을 빠져나와야만 했다.

사방에서 흘러나오는 소독약 냄새가 코를 감쌌다. 보통 사람이라면 별생각 없었을 것이다. 하지만 소독약의 향에 가려진 시원하면서도 약간은 향기로운 병원 냄새는 내가 병원에서 일하는 이유 중 하나이다.

빠르지 않은 걸음걸이로 온통 하얀 풍경들을 지나치면 나의 진료실 문이 나를 기다린다. 이 문을 열고 들어가면 보이는 하얀 유리알을 품은 눈들이 그 두 번째 이유. 내가 좋아하는 색인 하늘색 소파는 폭신했고, 그 위에는 두 눈동자의 주인이 힘없이 누워 있을 뿐이었다. 갑자기 들어와 다가와서 바라볼 만도 한데 이쪽은 죽어도 바라보지 않는 그를 보니 다시 이 병의 심각성을 깨달았다.

시야를 어지럽히는 잔머리를 귀 뒤로 넘기고 소파 앞에 위치한 같은 색의 의자에 앉는다. 잘 때조차도 모든 소리를 막고 있는 귀마개를 양쪽 귀에서 빼내어 의자 옆의 탁자 위에 올려놓고, 옆머리를 귀 뒤로 다시 한번 넘긴다. 눈을 천천히 감고 귀를 기울이는 동시에 입

술을 움직인다.

"제 목소리가 들리나요?"

나는 청각 과민증을 앓고 있다. 청각 과민증이란 특정한 소리와 주파수에 지나치게 예민하게 반응하는 증상인데, 항상 불편하고 고통스럽기만 했던 이 병은 14살 때 처음 내 앞에 나타나 14년 동안 점점 심하게 나를 괴롭혀왔다. 버스나 하늘 위에 떠 있는 비행기 같은 큰 소리는 물론이고, 앞자리 친구가 다리를 떨어 슬리퍼가 바닥을 치는 소리, 피아노 학원의 한 낡은 건반이 눌릴 때마다 삐걱거리는 소리처럼 아주 경미한 소리조차도 내 귓속을 파고 들어와 뇌를 빽빽하게 채우고 터질 듯이 아프다. 만화 속에서 캐릭터들이 머리가 아프거나 말이 안 통할 때 말풍선에 그려진 복잡한 낙서가 머릿속을 뒤덮는 것만 같다. 그렇기에 항상, 심지어 잠을 잘 때에도 전용 귀마개를 착용하고, 되도록 조용한 길로 다녀야만 한다. 몇 년 전 그날도 모두 이 병 때문이었다.

오랜만에 언니와 만나 본가를 방문하기로 한 날이었다. 어릴 적의 거의 모든 추억이 그 동네였기 때문에 갈 때마다 향수 어린 설렘을 느낀다. 파란색과 주황색 그 어딘가에 위치한 오묘한 하늘과 햇빛은 놀이터에서 흙 묻히고 놀 때의 시절로 잠기게 하기에는 충분했다. 그때는 분명 언니와 동갑인 오빠와 셋이서 놀러 다녔지. 그런 생각을 할 때쯤 유리창을 두드리는 소리가 들렸다.

똑똑

평소보다 더 말라 보이는 언니가 웃는 얼굴로 조수석 쪽에 서 있다. 반가운 마음에 얼른 차의 문을 열어줬다. 기운이 조금 없어 보였지만, 언제나 그렇듯 움직이기도 귀찮아서 그런 거겠지 싶어 넘어갔다. 조수석에 앉고 문을 닫은 언니는 가방을 뒷자리에 던지고 안전벨트를 맨다. 달각. 벨트가 잘 들어간 소리가 들리자 안심하고 출발한다.

"자, 이제 선물 사러 가자. 뭐 살지 정해놓은 거 있어?"

"응. 평소처럼 종합선물세트 사자. 그리고 술도."

"술은 갑자기 왜? 집에 있을 텐데."

"그냥 먹고 싶어서 그래~. 한 번만 이 언니를 위해서 사주라!"

언니가 나에게 무언가를 사달라고 하는 건 정말 드문 일이었다. 더욱이 오랜만에 만나는데 술 정도는 사줄 수 있는 것이 당연하다. 하지만 언니는 평소에도 술을 잘 안 마시는 편이다. 혹시나 생각했던 언니의 상태를 물어보지 못할 이유는 없었다.

"무슨 일 있어?"

"……."

쉬이 대답이 나오지 않는다. 분명 무슨 일이 있는 것이다.

"말 안 하면 술도 못 사줘!"

"지현아, 나 사실……."

가관이었다. 5년 전부터 언니와 결혼을 전제로 사귀던 남자는 언니의 가장 친한 친구와 바람이 났다. 언니는 기계를 잘 만지고, 관심도 많았다. 그래서 자신의 힘만으로 대기업에 들어가 매우 뿌듯해했고, 그만큼 자기 일에 자부심을 가지고 있었다. 하지만 그 남자의 아

15

버지는 언니 직장의 대표였고, 자기 아들을 낙하산으로 꽂기 위해 사소한 일로 빌미를 잡아 언니를 해고했다. 연이은 충격적인 사건으로 심신이 미약해진 언니는 유명한 상담소에서 상담을 받기 시작했다고 한다. 하지만 그 상담사는 언니의 트라우마를 교묘히 비틀어 더욱 큰 상처를 남겼다고 한다. 심지어 반년 치 상담비를 한 번에 받아내고 야반도주를 해 언니를 포함한 많은 사람이 큰 피해를 입었다고 한다.

"그 사람이… 자기만 믿으라고… 흐으윽."

속에 있던 슬픔을 밖으로 끄집어내는 데에도 너무나 고통스러웠는지 흐느끼기 시작한다. 하지만 나는 운전 중이기에 온몸으로 안아줄 수가 없었다. 할 수 있는 건 오른손으로 언니의 등을 천천히 쓸어주는 것뿐이었다.

"언니… 그 사람은 잊어버리고, 우리 병원 와. 내가 좋은 선생님 소개해 줄게. 그리고 한동안은 우리 집에서 같이 살자! 오랜만에 어릴 때 생각도 나고 재미있겠다. 그치?"

조금씩 진짜 웃음을 되찾으며 올라가는 입 꼬리지만, 왠지 더 심하게 흐느끼기 시작했다. 마찬가지로 핸들과 앞의 도로에서 눈을 뗄 수 없었던 나는 오른손으로 콘솔박스를 열어 티슈를 두 장 뽑아 언니 앞으로 건넨다.

"과자 세트랑 참치 세트, 뭐가 좋을까?"

"과자!"

"언니가 먹고 싶은 거 아녀?"

"아니거든."

"그렇다고 치자. 자 이제 계산하고 빨리 가자. 음?"

아무리 가방 안을 뒤져 봐도 지갑이 보이지 않는다. 차에 놔두고 내린 건가… 내가 산다고 말해서 언니도 빈손으로 나왔는데.

"나 지갑을 차에 두고 나왔나 봐. 하는 수 없지. 내가 가져올게. 기다리고 있어."

"아냐, 내가 갔다 올게. 요즘 통 안 움직여서 운동해야 해."

"그럼 알겠어. 천천히 다녀와."

"오야."

언니의 뒷모습이 점점 작아진다. 불현듯 언니가 술을 마시자고 했던 것이 생각난다. 언니는 맥주를 안 좋아하니까 와인이나 소주 코너에 가서 구경하며 기다리기로 하며 언니에게 문자를 남기고 자리를 벗어난다.

언니가 좋아하던 술들을 한 병 한 병 집어 카트에 담는다. 언니가 떠난 지 한참이 되었는데 돌아올 생각이 없는지 소식이 없다.

지갑을 만들어 오는 건가. 아무리 그래도 너무 오래 걸리는데?'

심신이 미약한 상태인데다가 자기 입으로도 요즘 체력이 없다고 말한 것이 기억난다. 어디에 걸려 넘어진 것은 아닐까 하는 생각에 카트를 대충 세워두고 마트 입구로 달려간다. 내 눈동자에 비친 상황은 믿을 수 없었다. 내 차 바로 앞에서 엎어져 있는 언니와 그를 삼킬 듯 질주하는 흰 트럭. 그 장면을 본 순간,

삐이이–

쏴쏴쏴쏴쏴쏴쏴쏴쏴쏴쏴쏴쏴쏴쏴쏴쏴쏴쏴쏴쏴쏴쏴쏴쏴쏴쏴

쐈쐈쐈쐈쐈쐈쐈쐈쐈쐈쐈쐈쐈쐈쐈쐈쐈쐈쐈쐈쐈쐈쐈쐈쐈쐈쐈쐈쐈
쐈쐈쐈쐈쐈쐈쐈쐈쐈쐈쐈쐈쐈쐈쐈쐈쐈쐈쐈쐈쐈쐈쐈쐈쐈쐈쐈쐈
쐈쐈쐈쐈쐈쐈쐈쐈쐈쐈쐈쐈쐈쐈쐈

  귀마개로 인해 원래의 반 정도밖에 들리지 않았던 매미 소리는 귀마개를 끼지 않았을 때의 몇 배나 되는 소리로 한순간에 뇌 속을 잠식했다. 다른 이들에게는 그저 배경에 지나지 않겠지만, 비명 소리를 은폐하기 위해 자신들의 소리로 뒤덮는 매미들이 누구보다 원망스러웠다. 이제 쓸모가 없어진 귀마개를 집어 던지고 손가락으로 귀를 쑤실 듯이 막는다. 소용이 없었다.

  "제발… 언니를."

  눈앞을 지나가는 금발의 남자, 푸른 나비가 그려진 그의 손목을 부여잡으며 의식을 잃었다.

  언니는 그 사고로 대뇌 전두엽에 중경상을 입어 식물인간이 된 상태로 한 달을 보냈다. 나는 그 사건 당시에 잠시 기절을 한 것일 뿐 크게 다치진 않았던 터라 언니를 우리 병원에 입원시켜 놓고, 시간이 날 때나 퇴근하고 나서는 항상 언니의 옆을 지켰다. 한 달 하고 이틀이 지난 그날, 의식을 되찾았다는 전화를 받고 달려간 병실에는 하얀 눈으로 나를 쳐다보는 언니가 있을 뿐이었다.

  그 당시에도 사람에 대한 경계심에 더불어 스트레스까지 함께 쌓인 직장인 등 현대인들의 무의식증 발병 사례가 점차 수면 위로 드러나고 있었다. 특히 자살률이 가장 높은 나라인 한국과 핀란드에서 많이 발생한다고 한다. 무의식증은 스트레스가 극에 달해 무의식 속으로 의식이 숨어버린 상태로 무의식의 범위인 생존 활동과 욕구 해소만을 할 수 있다. 밥을 먹거나 변을 보거나 생존을 위해 환경에 적응하는 등 최소한 살아 있을 정도로만 활동한다. 하지만 의식이 불분명하고 체성신경계(의지대로 운동하는 신경계)가 작동하지 않아 문제 해결과 타인과의 교감, 그리고 의사 결정을 하지 못한다. 일도 못하고 일상생활이 불가능해 반드시 보호자의 돌봄이 필요한 병이다. 이 외에도 동공의 색이 연기처럼 뿌옇게 변한다. 이 병에 걸린 많은 사람은 이 병 때문에 삶을 잃어버린다. 하지만 언니는 이 하얀 눈 덕분에 살아났던 것이다.

사고가 나기 바로 전, 자신을 향해 달려오는 트럭을 보고는 최근 일들로 인해 쌓인 상처들과 함께 스트레스가 폭발적으로 반응해 무의식증을 일으켜버렸다. 원래라면 사고가 나고 몇 년 동안은 식물인간으로 살거나 기억을 잃어버리는 등 생각조차 할 수 없는 상태가 되었을 것이다. 다행히 의식이 무의식 속으로 숨으면서, 그 상황은 면하게 되었다. 하지만 의식을 주관하는 대뇌의 신경마저 젤리처럼 약해져서 작은 충격에도 잘 파괴되고, 회복하기 위해서는 고도의 기술이나 충격을 줄 만한 계기가 있어야만 한다. 아쉽게도, 아직 그 계기는 일어나지 않았다. 무의식증 덕분에 살아났지만, 무의식증을 고칠 방법을 영영 잃어버린 것이다.

보통 이 병에 걸리면 정신과와 신경과에 보내 치료한다. 그리고 내가 지금 하는 일이 정신과에서 이 무의식증을 치료하는 일이다. 정신과에서는 이 병을 약물이나 심리 상담을 통해 치료한다. 하지만 그들의 대부분은 의지를 상실하고 무의식 속에 갇혀 거의 들리지 않는 상태라 신경과에 보내 전기 충격이나 수술을 통해 환자의 말문을 억지로 트이게 한 뒤 다시 정신과로 보내 치료를 진행한다. 당연히 신경과 치료는 효과가 눈에 띄게 좋지만, 위험하고 성공률이 낮아서 많은 보호자와 의사들이 꺼린다. 하지만 충격 요법만으로도 의식을 되찾는 경우가 몇 번 있었기에 잠재적 가능성은 충분하다. 그래서 언니도 신경과적 치료를 수차례 받았지만 쉽게 나아질 기미는 보이지 않았다.

　여느 때처럼 언니의 상태를 보고 출근한 뒤, 다른 환자의 보호자가 가져온 과일을 보고 달려든 한 무의식증 환자를 제압할 때였다. 그 과정에서, 누구의 것인지 모를 피가 얼굴에 살짝 튀었다. 환자를 병실 침대에 단단히 묶고 조식을 가져와달라는 부탁을 한 뒤, 얼굴에 묻은 피를 닦아내던 중 귀마개에 튄 것을 보고 닦기 위해 귀마개를 뺐다.
　'이 귀마개는 언니가 나를 위해 혼자서 개발하던 거였지. 그렇게 힘들었을 때에도 나를 위해…'
　"더 먹으면 분명 살이 찔 텐데… 너무 배고파… 배고파서 미칠 것 같아!"
　'어?' 어디선가 누군가의 외침이 들려온다. 귀마개를 끼지 않은 것 치고는 작은 목소리였지만, 분명히 들렸다. 하지만 이 병실에는 나와 저 환자밖에 없는데…
　"혹시 방금 환자분께서 말씀하신 건가요?"
　"혹시 제 목소리가 들리나요?"

"네. 아주 잘 들려요. 혹시 당신이 어떤 상태인지 아시나요?"

"아니요, 하지만 더는 먹어선 안 될 것 같아요. 살이 더 찐다면 저는 살고 싶지 않을 거예요."

섭식 장애다. 그중에서 거식증이다. 하지만 자신이 계속 폭식을 한다는 것은 알고 있을 터. 먹고 싶지 않지만 스스로 먹게 되는 자신을 바라볼 수밖에 없으니 괴로웠을 것이다.

다른 거식증 환자를 치료하는 과정과 다름없이 나는 종종 이 환자, 민성 씨의 병실에 들러 상담을 하고, 또 약을 처방하여 밥 사이에 숨겨 먹였다. 대화가 이루어져도 겉은 무의식증에 걸린 상태이기에 섞어서 주지 않는다면 식욕을 해소하는 데에 불필요한 약은 먹지 않을 것이다. 약 한 달간의 둘만의 정신 치료는 빛을 발했다. 오랜만에 일이 줄어 민성 씨의 병실에 가서 처음 본 것은 햇빛을 찬란히 반사하는 깨끗한 검은색의 동공이었다. 민성 씨의 완치를 시작으로 나는 무의식증의 치료 방법을 발견한 공으로 병원장 훈장을 받고, 더욱 많은 환자들을 치료해나갔다. 내가 그들과 대화할 수 있었던 이유는 나뿐만 아니라 학계의 많은 사람들이 궁금해했다. 내가 앓고 있는 청각 과민증이 특정 높이나 주파수에서 들리는 소리에 과민 반응하는 증상인데, 이 병에 걸린 환자들의 의식 속 목소리가 그 특정 주파수에 해당했기 때문이라고 한다. 사람들은 믿을 수 없다며 사기꾼 취급을 하거나, 장애인이 의사라니 치료에 문제가 생길까 우려하는 목소리가 컸지만, 많은 청각 과민증 환자들의 증언으로 나의 정직은 받아들여질 수 있었으며, 장애가 있는 사람들도 의사나 간호사가 되는 비율이 높아지는 등 많은 개선이 이루어졌다.

언니에 관해서는 말할 것이 많다. 민성 씨의 목소리를 처음 듣게 된 이후로는 언니 앞에서는 항상 귀마개를 벗었다. 하지만 언니는 목소리를 단 1초도 내지 않았다. 대뇌 이상 손상이 그 이유이다. 마음이 아팠지만, 모든 기술과 수단을 다 썼다. 전선이 연결된 채로 높은 전압으로 지져지는 언니를 바라만 봐야 했다. 뇌에 칼을 댈 뻔도 했다. 언니의 트라우마나 예민한 기억을 건드릴 말을 하기도 하고 화를 내기도 했다. 하지만 모든 수를 써도 언니의 의식이 돌아오기는커녕 목소리가 들리지조차 않을 뿐더러 계속되는 충격에 건강만 나빠졌다. 목소리를 못 내는 것이지 다 듣고 있었을 거라는 생각에 마음이 찢어진다. 불행 중 다행인지 언니는 크게 소란을 일으키는 편이 아니라서 집에 데리고 와 함께 살 수 있었다.

"그리고 한동안은 우리 집에서 같이 살자! 오랜만에 어릴 때 생각도 나고 재미있겠다. 그치?"

그때의 약속을 지켰지만, 나도 언니도 원하던 그림은 아니었을 것이 분명했다. 그리고 그 원인의 일부는 나이기도 했다. 그래서 나는 자주, 하얀 눈의 언니를 붙들고 사죄했다.

"언니, 미안해. 내가 다 잘못했어. 그때 내가 지갑을 놔두고 오지만 않았어도, 차를 그곳에 세우지만 않았어도, 언니를 혼자 보내지만 않았어도, 매미 소리 따위에 정신이 팔리지만 않았어도, 아니면 차라리 내가 대신 치였다면, 언니가 이렇게 될 일은 없었을 텐데… 언니 지금 우리 같이 살고 있다! 목적은 조금 달라졌지만 소개해 주려고 했던 선생님이랑 치료도 같이하고 있어. 언니가 좋아하는 술들은 종류

별로 다 사났어. 나 때문에 개발하던 청각 과민증 환자용 귀마개. 그거 내가 언니 이름으로 특허도 냈는데 정말 잘 팔리고 있어. 해외에서도 귀마개 사러 한국까지 들어온다니까. 그냥 돌아오기만 하면 언니는 평생 놀고먹을 수 있다고! 언니 빨리 기운 차려서 하고 싶던 일도 다시 해야지! 그러니까 제발 다시 돌아와… 아니면 목소리라도 들려줘."

나는 언니를 끌어안고 흐느꼈다. 그 찢어지게 슬픈 분위기가 무색하게, 언니는 내 팔을 풀어내 치워버리고 식탁으로 가서 시리얼을 우유에 말아 먹는다.

'그래! 항상 그렇지 뭐.'

언니가 병에 걸리기 전과 다르지 않은 점이다. 엉뚱한 행동으로 나를 웃게 만든다. 언니도 살기 위해 저렇게 열심히 먹는데 나도 언니를 되돌리기 위해 의지를 잃지 않겠다는 다짐을 한다.

오늘은 PTSD(외상 후 스트레스장애)의 발현이 무의식중의 원인이었던 사람의 치료를 진행했다. 그녀의 이름은 주은하, 나이는 나와 같이 27세였다. 직업은 소방관이었는데, 한 놀이공원 유령의 집에서 사건이 터졌다. 방화 사건의 원인이 다 그렇듯, '나만 빼고 다 행복해하는 것이 분하다'라며 범인은 가장 어둡고 위험한 공간인 유령의 집 주위에 기름을 붓고는 불을 붙여버린 것이다. 놀이공원과 가장 가까운 은하 씨의 소방서는 항상 인력난에 시달리고 있었다. 급하게 소방서 내에 대기하던 인원만 사고 현장에 달려가 너 나 할 것 없이 불길 속으로 뛰어들었다. 은하 씨는 그녀의 동기와 함께 가장 먼저 들어가 가까이 있던 학생들을 데리고 나왔다. 그들을 시작으로 다른 대원들이 하나하나 입구를 뚫어나갔다. 하지만 문제는 이때부터였다. 아직 범인을 검거하지 않았지만, 한시가 급했기에 범인에 대해서는 생각할 겨를이 없었다. 갑자기 기름통을 한 손에 쥔 남자가 입구 쪽으로 달려가 입구에 기름을 쏟아 붓는 것이다. 그녀와 동기는 심상치 않음을 느끼고는 말리러 갔다. 처음에는 그가 무슨 일을 하는지 파악이 안 되어 주의를 줬지만, 그가 범인이라는 것을 그들은 알아버렸다. 방화범의 양팔을 뒤로 잡아 제압하려 했지만, 바로 앞에 있던 남자아이를 인질로 삼아 아무 행동도 하지 못했다. 그렇게 몇 초가 지나고는, 동기는 순간을 틈타 아이를 구해내어 은하 씨에게 넘겨주었다. 하지만 뒤에서 뿌려지는 기름을 동기도, 은하 씨도 알아채진 못한 것이다. 동기는 온몸이 기름 범벅이 되었고, 불을 붙여오는 범인을 막을 사람은 없었다. 그녀는 아이를 안전한 곳에 데려다준 뒤, 어두운 건물과 형광 초록색의 사내가 새빨갛게 타오르는 것을 볼 수밖에 없었으며, 이내 들려오는 다수의 발걸음 소리를 듣고는 의식을 잃었다. 여기까지가 은하 씨가 내게 들려준 이야기이다. 상담이 끝나고 만난 그녀의 보호자는 은하 씨가 정신을 차리고 동기는 결국 죽었다는 말을 듣고는 이 병이 발현되었다고 말했다.

"어? 혹시 우리 어디서 본 적 없나요?"

마스크를 쓴 그가 말한다. 하지만 나는 그의 이름은커녕 아는 사람 중에 금발을 가진 사람은 없었다.

"글쎄요… 초면인 것 같은데요?"

"그런가요. 그럼 우리 은하 잘 부탁드립니다. 저는 내일 다시 오겠습니다!"

왠지 조금 즐거운 눈매이다. 다음 진료를 진행해야 했기에 빨리 대화를 마친다.

"네. 수고하세요."

"선생님도 수고하세요!"

왜 저렇게 신이 났을까. 이 병원에서 보통 저리 해맑은 사람은 거의 환자일 확률이 높다. 은하 씨의 오빠라는 저 사람은 자신의 동생이 병에 걸렸는데 슬프지 않나? 아니면 이제 치료를 시작했으니 기뻤던 걸까? 잡다한 생각을 하다 다른 진료를 봐야 한다는 생각에 잊어버린다.

"인사해요, 이번에 새로 들어오신 간호사 선생님이에요. 주은호 씨에요."

"아… 안녕하세요."

갑자기 머리를 검게 물들이고 나타난 이 사람은 어제 은하 씨의 보호자였는데… 왜 여기서 소개받고 있는 거지?

"안녕하세요! 제가 내일 오겠다고 했죠?"

기억은 한다. 하지만 이런 식으로라곤 생각도 못했다.

"오! 구면이신가 보네? 그럼 은호 씨는 지현 쌤과 함께 하도록 해요. 마침 부서도 같은 쪽이고…"

그렇다는 건?!

"네. 은호 씨는 지현 쌤과 같이 무의식증 전문으로 들어왔어요. 그럼 일단은 둘이 간단한 얘기라도 하고 있어요. 저는 환자 한 명만 체크하고 올게요."

저벅 저벅 저벅. 정신병동의 수간호사 선생님은 그 긴 다리로 복도를 휘적거리며 떠났다.

"그런데 어릴 적이랑 달라진 게 하나도 없네요. 지현 쌤?"

그가 능글거리며 말한다.

"누구신데 그런 말을 하는 건가요? 저희 어제 처음 본 것 같은데?"

정말 모르겠다. 혹시나 스토커나 변태면 어떡하지.

"지현아, 나 진짜 기억 안 나? 은호 오빠잖아! 어릴 때 같이 놀았던!"

그가 마스크를 벗으며 말한다. 낯익은 얼굴과 함께 오른쪽 볼에서 붉은 얼룩이 보였다.

"……?!"

은호라면… 기억났다. 어릴 적 언니와 함께 셋이서 몰려다니며 매일 동네 놀이터에서 놀았지… 그래도 내가 중학생 때까지는 꽤나 친했었다. 우리 집 바로 위층에 살아서 편의점에 함께 가거나, 부모님들의 술 모임 구석에 자주 끼기도 했다. 언니는 이과 과목을 좋아했고 은호 오빠는 문과 과목을 좋아해서 시험공부를 하다가 막히면 둘에게 물어보러 계단을 오르내리기도 하였다. 하지만 저 흉터는… 도대체 무슨 일이 있었는지 물어보기도 전에 그가 나에게 먼저 물어왔다.

"그런데 너 왜 연락이 끊겼어? 이사 가서 그렇다 쳐도 전화번호까지 바꿀 필요는 없었잖아… 섭섭하다."

우리가 왜 연락이 끊겼을까… 그렇다. 바로 이 청각 과민증 때문이다. 중학교 1학년 때 발현한 이 병은 소음이 즐비한 교실에서는 제대로 수업을 듣지도 못할 만큼 나를 괴롭혔다. 결국 우리 가족은 도시를 벗어나 사람이 많이 없는 조용한 동네로 이사를 가서 홈 스터디를 하게 되었다. 집에서는 스트레스를 받지 않고 공부에만 집중을 할 수 있어 의대에 간신히 붙을 수는 있었다.

"은호 오빠… 정말 오랜만이네! 오빠를 피한 게 아니라 병 때문이었어."

결국 말해버렸다. 정말 친한 친구 말고는 모르는 사실이지만, 그를 일부러 피한 것이 아님을 밝히기 위해서는 감수하기로 결심했다.

"병이라고? 무슨 병인데?"

"청각 과민증이라고… 특정 소리에 과민하게 반응해서 너무 괴로워. 어릴 때도 큰 소리를 들으면 머리가 깨질 것 같아서 조용한 시골로 이사를 갔던 거야. 그리고 휴대폰 진동이나 벨 소리마저도 너무 신경 쓰이고 언제 울릴지 모르니까 불안해서 그냥 휴대폰을 없애버렸어. 시골에 가서는 친구들도 없고 할 것도 없어서 공부만 하고 가끔 그림이나 그리느라 어릴 때 기억이 잘 안 났어. 그래도 잠시라도 잊어버려서 미안해…"

"그랬구나. 지금은 괜찮은 거지? 이렇게 일하고 있는 거 보면 나아졌다는 거지?"

그가 걱정스러운 얼굴로 묻는다.

"아니, 지금도 그대로 병이 있어."

그의 눈썹이 살짝 찌푸려진다.

"그래도 그 병 덕분에 내가 이 병을 치료할 수 있었어. 나에게는 환자들의 목소리가 들리거든. 아마 주파수가 맞아서 그런 것 같아. 그리고 이제는 청각 과민증 환자용 귀마개가 개발돼서 일상생활 정도는 할 수 있어."

한쪽 귀마개를 빼서 보여주고는 다시 귀에 끼운다. 그제야 그가 안

심한 듯 표정을 푼다.

"다행이네… 다현이는 요즘 어때?"

언니가 병에 걸리기 전에 오빠에 대해 말한 적이 있었나? 둘은 아직도 연락하던 사이였나, 그렇다면 나 때문에 만나지도 못했던 게 미안한데… 애초에 언니는 1년이 넘도록 무의식중 때문에 누군가를 만날 상태가 아니다. 그렇다면 도대체.

"언니는…"

한숨을 쉰다.

"작년에 너희가 우리 동네에 돌아왔을 때, 나도 거기 있었어. 다현이… 트럭에 치였잖아. 그리고 너도 나보고 도와달라고 했고."

내가 오빠에게 그런 말을?

"내가 진짜 그랬다고?"

"그래! 갑자기 쓰러지면서 내 손목을 막 이렇게 잡았다니까."

순간, 머릿속에 스쳐 지나가는 푸른 나비가 생각난다. 그의 손을 잡아채 소매를 걷어 올렸다. 역시나… 눈에 띄는 푸른 나비가 떡하니 자리 잡고 있었다.

"아앗! 갑자기 그러면 아프다고."

"이거 어떡할 거야!"

"이건…"

"어떡하지… 이건 매번 가리기에는 너무 큰데… 나나 다른 선생님들이야 이런 거에는 편견 없지만, 환자들이 보고 겁먹거나 민원을 넣을 수도 있어… 안 되겠다. 오빠는 계속 긴 팔 유니폼만 입어야겠네….."

"에엑. 일단은 알겠어. 이미 그렸으니 지울 수도 없고… 타투가 그

거 하나만 있는 것도 아니고, 긴 팔 얇게 입고 다녀야겠다."

"그래, 머리는 다시 염색했던 거구나. 오빠여서 다행이다. 그건 그렇고, 작년에 난 교통사고에서 있었으면 얼굴 한 번은 비춰주지!"

"아아… 그런데 너희들이 있는 병원을 몰랐거든… 나는 정말 옆에 지나가다 너한테 잡혀서 구급차만 불렀을 뿐이야. 사실 치인 사람이 다현이인지도 모르고 있었고, 네가 언니를 구해달라고 해서 알게 된 거야. 구급차에도 자리가 없어서 따라가지는 못했거든… 요즘에는 다현이 괜찮아?"

"직접 보는 게 빠르겠다."

오늘의 업무를 마치고 나는 은호 오빠를 차에 태웠다.

"와우~ 지현이. 이젠 차도 태워주고 다 컸구먼."

"날 아직 중학생으로 보는구먼. 그런데, 우리 병원은 어떻게 들어왔어? 오빠 미대 입시 준비하고 있지 않았어?"

"그것도 고등학생 때지. 미대는 이미 들어갔다. 졸업하고 타투이스트 잠깐 하고 있었지. 그런데 너도 봤지? 내 동생 무의식증에 걸린 것."

"아… 은하 씨? 그런데 어릴 적에는 동생은 못 본 것 같은데…"

"은하는 어릴 때까진 미국에서 살아서 너랑 만난 건 어제가 처음일 거야."

"그랬구나. 어렸을 때도 같이 놀았으면 더 좋았을 텐데…"

"걔는 3년쯤 전에 그 병에 걸려서 치료받고 있었어. 아무리 치료를 해도 다른 사람들처럼 나아지지가 않더라. 그래서 나라도 은하를 고치기 위해서 공부를 해보려고 했는데… 의대는 갈 성적이 안 되고 그래서 학점은행제로 간호대에 편입해서 졸업했어. 그런데 반년쯤 전부터 무의식증 치료율이 80%라고 유명한 의사가 나타나서 찾아보다 보니 이 병원이었어. 이름이 지현이라기에 네가 생각나긴 했는데, 진짜 너여서 놀랐어. 그런데 너는 나를 못 알아보는 것 같기에 조금 놀려주려고 했는데, 타투까지 들킬 줄은 몰랐네!"

이제야 궁금했던 것이 조금씩 풀려간다. 매일 똑같이 언니를 집에 두고 나와 많은 환자를 상담하고, 다시 집에 와 언니의 병을 연구하는 기계적인 일상을 거의 1년 동안 유지하다 보니, 어릴 때의 소꿉친구를 만나는 극히 평범한 일에도 내 하루에 너무 많은 변화가 일어났다. 산골에 틀어박혀 친구 하나 없이 지냈던 터라, 언니나 대학 친구 몇 명 외에는 진심으로 마음을 터놓을 사람이 많이 없었다. 하지만 병에 걸리기 전, 활기찼던 나를 아는 사람, 모든 일에 진심이었던 나를 아는 사람이 나타나니, 흑백 영화같이 색감 없던 하늘이 조금씩 수채화 물감으로 물들어 가는 것만 같았다.

'역시… 미술을 전공한 사람이라 그런가.'

"나 그렇게 대단한 사람 아닌데… 과장이 심한 소문이네. 그리고 너무 걱정하지 마. 사실 타투는 나도 꽤 있거든. 잘 안 보이는 어깨나 발목 같은 데에만 해서 아직 크게 일이 생기지는 않았어. 타투를 하는 게 나쁜 건 아닌데… 가끔 너무 보수적인 환자나 보호자도 있고, 정신과 병동이니 타투를 한 사람이나 타투 자체에 트라우마를 느끼는 환자가 있을 수도 있거든."

귀 옆의 머리를 넘기고 그에게 나의 타투를 보여주고 다시 앞을 보며 운전에 집중한다.

"아, 그런 뜻이었구나. 그럼 환자들 앞에서는 많이 조심해야겠네."

"좋은 태도군. 가게나 타투 기계들 다 정리했어?"

"가게는 팔았는데, 기계는 아직 집에 남아 있어. 왜?"

"나중에 나도 해줘! 나 아직 그릴 공간 많이 남아 있으니까. 그리고 타투 좋아하거든… 은하 씨도 병이 나으면 친해지고 싶어. 나랑 동갑이더라고. 난 어릴 때는 시골에서만 있었으니까 동갑인 친구는 별로 없어서… 아! 이제 내리면 돼. 다 왔어."

"나중에 우리 집에 놀러 와. 그 때 그려줄게! 은하도 좋아할 거야."

은호 오빠와 함께 엘리베이터를 타고 현관문 앞에 도착했다.

"오빠, 잠시만 이 앞에서 기다려줘. 언니 상태 좀 보고 살짝 정리하고 올게. 오래 걸리진 않을 거야."

"어떤 상태이길래… 그래 여기서 기다릴게."

도어락을 열고 빠르게 집을 둘러본다.

'다행이다. 오늘은 크게 어지르진 않았어.'

언니도 어지르려고 어지르는 건 아니다. 단지 밥을 먹고 싶거나 볼일을 보거나 재미있는 것을 찾기 위해 움직이는 중에 자신도 모르게 주위를 어지럽혀버리는 것이다. 언니 방의 방문을 열어본다. 오늘 아침에 틀어주고 나간 성인 영화를 아직 잘 보고 있었다. 무의식중은 본능적이고 욕구를 따르는 행동만을 하게 된다. 특히 잠, 식욕, 그리고 자극적인 것에 대한 욕구는 가장 심하다. 그래서 가끔 선정적이거나 피가 튀기는 잔인한 영화를 틀어주면 언니는 그 자리에서 가만히 앉아 오랫동안 가만히 잘 보곤 했다. 하지만 은호 오빠에게 이런 꼴은 보여줄 수 없기에 TV를 끄고 옷매무새를 정리하며 방 밖으로

31

데리고 나온다. 화장실로 들어가 얼굴을 씻어준다. 수건으로 꾹꾹 눌러가며 얼굴의 수분을 흡수시킨 뒤 거실 소파에 앉힌다. 자신의 의지는 없는 모습에 항상 마음이 아프지만, 그래도 몸을 씻거나 손톱을 깎는 등 최소한 청결하게 하는 일에 저항하지 않아 줘서 항상 고맙다. 언니가 그렇게 되고 난 후 평소보다 방을 더 자주 청소하게 되어 지금 당장은 정리할 만큼 지저분하지 않다. 안도의 한숨을 내쉬곤 땀을 삘삘 흘리며 현관문을 연다.

삐빅 삐리릭

"어서 들어와."

"오오! 집 좋다."

좁기만 하고 예쁘게 꾸미지도 않았는데.

"언니는 여기 있어."

"…! 저 눈…"

역시나… 은호 오빠가 들어와도 언니는 별 반응이 없다.

"맞아. 오빠가 그때 구급차를 불러줘서 다행이야. 그래도 빠른 처치와 무의식증 덕분에 식물인간은 면했다고 하더라. 정말 고마워 은호 오빠. 은하 씨 목소리도 들리는데, 우리 언니 목소리는 죽어도 안 들리더라. 내가 어찌 손 쓸 방도가 없었어."

절로 숙연해지는 분위기에 오히려 조금 밝게 말한다. 아무리 반응을 하지 않는다고 해도 언니 앞에서 모든 것을 말할 수는 없으니 내 방을 손가락으로 가리키고 따라오라는 손짓을 한다. 오빠까지 들어오고 문을 살짝 닫는다.

"물어보고 싶은 게 많지? 내가 대답할 수 있는 범위 내에서는 다 말해 줄게."

　오빠는 언니가 무슨 일로 인해 무의식증에 걸릴 만큼 스트레스를 받았는지, 또 어떻게 지내고 있는지, 왜 치료하지 못하고 있었는지 계속해서 물어봤다. 어릴 때 친했던 추억의 인물이 처참하게 망가져 있으니 그 괴리감과 무서움은 심했을 것이다. 그런데도 그 모든 것을 참고 질문을 던지는 모습이 기특해서 할 수 있는 한 자세히 대답해 준다. 언니의 남자친구와 회사, 그리고 상담사의 사기와 트럭에 치인 일들을 다 말하고 나니. 갑자기 시야에 뜨거운 무언가가 차오른다.

　"야… 울어?"

　"그래도 오빠한테 얘기하니까 걱정이 한시름 놓이는 것 같아. 정말 고마워. 언니를 다시 되돌릴 방법은 계속 연구하고 있어. 그런데 언니가 겪었던 일들을 내가 못 알아채고 있었다는 게 너무 미안하고 괘씸해서 나를 용서할 수가 없어."

　은호 오빠가 어깨를 토닥인다.

　"괜찮아. 백지현. 나도 얼마 전까지는 은하를 되돌리지 못하는 내가 너무 한심스럽고 바보 같았어. 그래서 나도 조금이나마 도움이 되기 위해서 하던 일도 다 멈추고 간호사가 되었잖아. 나도 힘내고 있지만, 너는 더 대단하잖아! 너는 이때까지 많은 무의식증 환자들을 고쳤어. 지금은 내 동생도 치료해 주고 있잖아. 언젠가는 다현이도 꼭 되돌릴 수 있을 거야. 우리 같이 연구해 보자. 나도 모아둔 자료가 있으니까 도움이 될 거야"

　"그렇겠지? 은호 오빠, 고맙다는 말밖에 할 수가 없네."

항상 장난을 치고 활발하던 사람이 이렇게나 진지하게 말한다는 것은 진심으로 걱정하고 위로하고 있다는 뜻이다.

"흐트러진 모습 보여서 미안해. 너무 분위기가 어두워지네. 우리 집에 온 김에 밥이라도 먹고 가."

"그래. 네가 그렇게나 부탁한다니 내가 먹어주고 갈게."

그런 생각을 한 지 얼마나 됐다고 또 장난을 쳐온다. 하지만 이것도 그가 위로하는 방식이라는 것을 안다.

"안 해준다."

그럴 때는 장난을 받아쳐 주는 것이 예의다.

"아니에요. 잘 먹겠습니다."

"푸흣."

"뭐야. 울다가 웃으면 어떻게 되는지 알지?"

"모른다, 흥! 언니랑 TV나 보고 있어."

항상 슬프거나, 심각한 표정만 짓다가, 갑자기 훅 들어온 사람 덕분에 오랜만에 실없이 웃어본다. 어릴 때도, 작년에도, 지금도, 그에게는 항상 도움만 받는다.

간단히 김치볶음밥을 만들어 식탁에 놓고 언니와 오빠를 불러온다.

"밥 먹어!"

은호 오빠가 얼굴이 사색이 되어 기다렸다는 듯이 뛰어온다. 그 뒤로 언니도 뛰어온다.

"왜 그렇게 급해? 많이 있으니까 제발 천천히 먹어라."

"아니, 다현이가 갑자기 리모컨을 뺏어서 성인 영화를 틀잖아… 채

널을 바꾸면 째려보고는 리모컨을 뺏어서 다시 틀어… 다현이가 그
런 걸 좋아했던 줄은…"

설마가 사람 잡는다더니…

"별로 신경 쓰지 마. 다 무의식중 때문에 그런 거야. 오빠도 그러려
니 하렴. 은하 씨는 저러지 않았어?"

"응. 은하는 잠자는 걸 가장 좋아했어. 어제도 힘들게 깨우고 병원
으로 데리고 나온 거였어."

"같은 병이라도 사람마다 더 좋아하는 행동이 있나 보네. 나는 계
속 진료실에서 상담이나 치료만 해서 이런 사적인 건 신경 써보지 않
았어. 우리 언니는 저런 걸 왜 그리 많이 밝힐까. 일단 밥이나 먹자.
언니는 벌써 다 먹어간다."

"그래… 야 이거 진짜 맛있다!"

밥을 다 먹고 차로 오빠를 데려다준다. 오빠는 아직 같은 아파트
에서 살고 있다.

"그럼 같은 집에 살고 있어?"

"그건 아니야. 다른 층에 내 집으로 하나 마련해서 부모님과는 따
로 살고 있어."

그럴 거면 왜 이사를 한 걸까. 굳이 물어보지는 않겠다.

"어쨌든 이제부터는 일 다 끝나면 같이 치료할 방법 연구하는 거
야! 잠시만 여기서 기다려봐. 자료 가져올게. 내가 의사는 아니라도,
대학 입시할 때보다 열심히 공부했어."

그는 그렇게 말하며, 아주 빠르게 파일 뭉텅이를 내게 주고는 돌

아갔다.

집으로 돌아와 자기 전, 은호 오빠가 조사한 자료들을 하나하나 다 훑어본다. 내가 아는 정보도 있었지만, 의사인 나보다 더 많은 것을 조사한 것 같다. 특히 '신경 가소성'에 대한 내용이다. 신경 가소성은 뇌를 포함한 중추 신경계가 유연하게 변화하는 성질이다. 의학계에서는 잘 믿지 않은 눈치인데, 아직은 일반화하여 실제로 치료에 도입할 수 없는, 상당히 이례적인 일이기 때문이었다. 이들과 같이 나는 내가 아는 한에서만 조사하고, 가능성이 없는 것은 염두에 두지 않았다. 자만에 빠져 더 많은 것을 찾아보지 않고, 가능성이 낮다며 방치했던 나 때문에, 많은 환자는 그러지 않았을 때보다 훨씬 수준 낮은 치료를 받고 돌아가야만 했다. 그들에게는, 지푸라기 잡는 심정으로 자신을 잃어가는 소중한 사람을 고치기 위해 나를 찾아오지만, 정작 나는 그들이 되돌아갈 수 있는 가능성들을 가지를 치듯 다 잘라내고 있었던 것이다. 사람의 손가락 길이가 제각각이라고 자르지는 않으면서, 나무에는 외관상 보기 좋도록 뻗어 나가는 가능성들을 잘라내는 것과 같은 잣대를, 환자들에게 들이대고 있었던 것이다. 그 태도와 마음가짐 때문에라도 은호 오빠는 나보다 더 환자들을 치료할 자격이 있다.

"환자에게 필요한 것은 특정 치료를 옹호하는 사람이 아니라 문제가 불확실할 때 기꺼이 판단을 유예하고 가능한 모든 선택을 용감하게 시도하는 사람이다."

은호 오빠가 정리한 신경 가소성을 연구하는 정신 분석가 노먼 도지의 말이다. 나는 그의 말을 읽고 난 후부터 매일 퇴근한 뒤, 은호 오빠와 신경 가소성을 통한 많은 신경계 질환의 치료 사례를 조사하며 시간을 보냈다. 매일 차곡차곡 쌓여가는 정리한 자료와 비례하여 언니의 병을 치료할 방법들이 점점 눈에 보이기 시작했다. 계속된 조사와 연구로 알게 된 중요한 점이 있다. 언니를 치료하기 위해 써야 하는 것이 신경 가소성적 기법인 줄 알았지만, 언니를 죽지 않도록 힘을 쓴 것이 바로 이 신경 가소성이라는 것이다. 언니가 트럭에 치였을 때, 대뇌 전두엽이 손상되었다. 뇌는 특정 신경이 손상되면, 그 신경이 담당하는 운동기능은 상실되며, 손상을 입은 뇌의 반대쪽 상하지가 마비되거나 운동 기능이 약화한다. 하지만 언니는 한동안 식물인간 상태였다가 깨어나서, 평소와 같이 잘 움직이고, 운동 기능이 약화한 모습은 찾아보지 못했다. 이는 트럭에 치이기 직전 무의식증에 도달했고, 뇌가 손상되는 순간, 무의식증은 생존을 위한 본능으로 신경 가소성을 일으켜 몸의 마비를 막았지만, 말하는 능력 또한 잃게 했다는 말이다. 그래서 나에게조차 언니의 말이 들리지 않았다. 노먼 도지의 저서에서는, 보통 신경 가소성을 이용한 치료는 다양한 형태의 운동 트레이닝을 통해 이루어진다고 하였다. 치료 방법을 알아내기까지에 도달한 우리는 오랜만에 와인을 따서 밤이 새도록 잡다한 이야기를 나누었다. 언니의 치료 계획, 은하 씨의 상태, 그리고 어떻게 지냈는지에 관한 이야기, 대학 생활과 연애 이야기 등 평생 다 못할 말을 하룻밤 만에 나누었다.

"오빠, 정말 고마워. 은하는 잘 낫고 있었는데 언니 일까지 같이 해결한다고 갑절로 노력해 줘서. 오빠 덕분에 더 좋은 방법을 알아냈어."

"뭘. 다현이도 나한테는 정말 소중한 사람이었으니까 당연한 거지."

"나중에 도움 필요하면 우리한테 다 말해 줘. 오빠가 한 일은 그 정도로도 다 못 갚아."

"병원에서 나 잘 챙겨주잖아. 회식이나 좀 줄여줘."

"막상 데려가면 잘 먹으면서."

"아니거든!"

"언니 내일부터 재활 시작한다. 오빠가 잘 케어해 줘야 해."

"내가 그러려고 재활과로 들어갔잖아. 제일 신경 써줄게. 우리 은하 부탁한다."

"당연하지. 은하랑 제일 친해질 예정이니까 걱정하지 마."

아무리 조금이라지만 음주를 하였으니 운전은 할 수 없다. 대신 콜택시를 불러 보낸다. 그를 택시에 태우고 인사를 나눈다. 문을 닫아주고 아파트에 들어가기 전 어두운 하늘에 뜬 밝게 찬 보름달을 응시하다 그만 집으로 돌아간다.

지이잉 지이잉 지이잉… 톡.

심히 예민한 감각 때문인지 작은 진동에도 잠이 확 깬다. 오늘도 뻐근한 몸을 이끌고 침대에서 내려온다.

출근 준비를 시작한다. 늘 그렇듯 멍을 때리며 짧은 샤워를 마치고, 머리에 수건을 싸고 옷을 입는다. 길게 자란 머리 때문에 말릴 시간은 턱없이 부족하다. 시간과 싸우며 머리를 말리는 도중, 잼을 바른 토스트를 든 손이 입 앞에 나타난다.

"뭐야? 언니… 고마워! 근데 설거지도 부탁해!"

"그럼 올 때 마카롱 사 와."

"알겠어."

토스트를 씹으며 머리를 한참 더 말린다.

"몇 년 동안 우리들을 괴롭혀온 무의식증의 치료 사례는 점점 더 … 주 모 박사와 백 모 의사가 고안해 낸 치료법,…. 얼마 전까지 이 병에 시달리던 백 모 씨는… 를 들을 수 있는 기계를 발명해내어…. 기상 정보입니다. 오늘은 전국이 대체로 맑겠고 예년보다는 화창한 날씨가 이어질 것으로,"

파앗!

깔끔하고 명료한 목소리가 멈추었다. 항상 좋아해서 색깔별로 사 놓은 뮬 스니커즈다. 오늘은 파란색의 뮬에 발을 대충 끼워 넣고는 말한다.

"언니, 나, 갔다 올게!"

타다닥

토스트를 먹던 중이었는지 입가에 빵가루를 묻힌 채로 뛰어온 언니 는 밝게 빛나는 갈색 눈을 깜빡인다. 그러다 하품을 하며 인사를 한다.

"야, 올 때 마카롱 잊지 마."

"알겠다니까." 웃으며 말한다.

삑, 삐리리리릭.

제대로 잠긴 소리가 나서야 안심하고 복도를 뛰어간다.

epilogue

　1년 후, 나는 그대로 정신병동에서 무의식증 환자를 포함한 많은 사람을 치료한다. 청각과민증도 여전히 겪고 있다. 달라진 것이 있다면 길어진 머리와 점점 몸을 채워나가는 타투뿐이다. 언니는 나와 은호 오빠의 치료로 뇌 손상 무의식증 환자 중 최초의 완치자가 되었으며, 다시 일을 시작했다. 청각 과민증을 겪는 내가 남들만큼만 듣기를 바라며, 원래는 남들보다는 조금 더 잘 들리던 귀마개를 개선해서, 남들만큼 들리고, 보통 사람들에게는 들리지 않던 주파수의 소리는 차단하는 귀마개를 개발해냈다. 또한 나와 다른 청각 과민증 환자에게만 들리던 주파수의 소리를 잡아내는 기계도 개발해내, 다른 정신과 의사들도 무의식증을 고칠 수 있게 되어, 나의 일은 조금씩 줄어들게 되었다. 이 두 기계에 대해 전매특허를 받아내어 언니의 일도 발명가로 자리 잡게 되었다.

은호 오빠는 여전히 재활의학과에서 근무한다. 본업은 간호사지만, 박사이기도 하다. 오빠는 나와 함께 '신경 가소성을 이용한 무의식증 치료법'이라는 책을 내며 대학원에서 뇌과학 박사 과정을 이수하고 있다. 은하는 언니의 재활 치료가 시작될 무렵 완전히 치료되어 다시 소방대원으로 돌아갔다. 여전히 친구가 불타는 장면에 대한 트라우마가 남아 있기에 자주 진료를 보러 오지만, 그 외에도 휴일에는 은하와 놀러 다니고 서로 집에 가서 자고 오기도 하며, 둘만의 추억을 쌓아가고 있다.

모든 일이 잘 풀린 것은 아니다. 언니를 극한의 괴로움에 몰아넣은 세 사람은 자신들이 한 짓에는 상관없이 잘살고 있다. 전 남자친구와 그의 불륜녀는 속도위반으로 빨리 결혼하여 딸과 아들을 하나씩 낳아 행복하게 살고 있다. 언니를 해고한 회사는 한 낙하산의 실수와 무능력을 만회하기 위해 남은 사람들을 더욱 착취하고 있으며, 불륜녀는 영향력이 있어, 그 회사는 블랙 기업 대신 착한 기업이라는 꼬리표를 달게 되었다. 사기꾼 상담사는 유튜브를 시작하고, 언니가 토로한 고민을 상의도 없이 과장해 영상 소재로 제작해 조회수를 높이고 있었다. 언니는 내색은 하지 않았지만, 사고가 나기 전과 비슷한 정도로 괴로워하는 것만 같아 보였다. 이러한 상황에서 나는 자괴감에 빠지지 않을 수 없었다. 무의식증은 타인을 소중하게 생각하지 않아 언니를 괴롭게 만든 세 사람과 같이 이기적인 인간들 때문에 발병한다. 하지만 그들을 바꾸거나 제지하지 않고 그들 때문에 숨은 사람들을 치료할 수밖에 없다. 또한 무의식증은 상처 받은 피해자를 보호하고 숨겨주는 방어기제로 나타났을 뿐인데, 괜히 그들을 악몽 속으로 다시 되돌려 놓아 더욱 고통에 몰아넣은 것은 아닌가라는 고민을 할 수밖에 없었다. 하지만 다행히 언니는 점차 밝아졌고, 다시 시작한 일들에 열정을 가지고 매진했다. 운동도 규칙적으로 하게 되었고, 나와 언니, 은호 오빠, 그리고 은하는 넷이서 자주 모여 소소한 잡담을 나누거나, 함께 시간을 보내는 일이 많아졌다.

"지현 선생님… 저 작년에 선생님께서 치료해 주신 하민성이라고 해요. 기억하실지 모르겠지만, 저는 선생님께 정말로 큰 도움을 받았어요. 지금은 살에 상관없이 잘 먹고 운동도 꾸준히 해서 건강도 많이 좋아졌어요."

아아, 처음으로 목소리를 듣게 해주신 민성 씨. 당연히 기억합니다.

"잘 지내고 있으시다니 다행이군요. 사실 환자분들을 치료하는 것이 잘하는 일인가 고민할 때가 자주 있거든요. 그렇게나 괴로워하셔서 무의식증이 나타났는데 다시 억지로 현실로 끌고 나온 것이 아닐까 하는 생각이 들어 정말 죄송하더군요. 그런데 오늘 이렇게 민성 씨가 응원해 주시고, 좋은 말씀도 해주셔서 쓸데없는 생각은 버리고 더 많은 환자를 치료할 의지가 생겼어요. 저야말로 감사해요, 민성 씨. 건강하게, 행복하게 지내요. 다음에 또 봐요!"

이렇게 간간이 오는 환자들의 편지들은 내가 무의식중 환자들을 부정하지 않게 해준다. 사실 타인에게 상처를 주는 사회가 바뀌어야 하는 것은 당연하다. 하지만 사회에 실망하고 상처를 받아 자신의 목숨을 내던지는 일은 하지 않았으면 한다. 살아 있으면, 기회는 찾아오기 마련이다. 하지만 죽는다는 것은 미래의 가능성과 경험, 그리고 행복을 포기한다는 것이다. 포기할 수밖에 없다. 그래서 나는 사람들이 살기 위해 노력했으면 좋겠다. 또 서로를 사랑으로 보듬고 행복을 나누며 산다면, 무의식증이 굳이 노력하지 않더라도, 상처받은 마음을 진정시킬 수 있을 것이다. 그래도 너무 힘들고 살고 싶지 않다면 주위에 도움을 요청하길 바란다. 누구보다도 당신이 살기를 원해 애쓰는 사람들을 실감하게 될 것이고, 당신도 삶을 사랑하게 될 것이다.

조선에
핀 꽃

천수민

누구나 알 법한 대학을 나온 뒤 창창한 미래를 꿈꿨다. 취준생에서 벗어나면 내가 꿈꿔왔던 이상들을 맘껏 펼칠 것이라 기대했었다. 그래서 한창 20대의 캠퍼스 라이프를 즐기는 친구들을 보며 놀고 싶을 때, 쉬고 싶을 때, 예쁜 옷을 사고 싶을 때조차 나는 밑창이 다 닳아 미끄러워진 슬리퍼를 신고 도서관 구석진 자리에서 자격증을 준비했다. 대학교 3학년 여름방학, 인턴 생활 때 잡다한 일을 다 도맡아 가며 일하니, 결국 그다음 해 정규직 전환으로 남들의 부러움을 한껏 사며 NAV 마케팅 회사에 정식으로 입사할 수 있었다. 멋있는 커리우먼의 삶을 꿈꿨지만 웬걸, 정규직 1년을 막 넘기고도 나의 주된 업무는 잡일과 청소, 직장 상사들 커피 준비하기, 회의 자료 복사하기였다. 이게 내가 5년간을 열심히 달려온 결과인가 허탈하기도 하고 짜증이 났다. 한숨을 푹푹 내쉬고 있는 그때, 어디선가 날 선 목소리가 들려왔다.

"하나 씨, 누가 홍보 영상 마음대로 제작해도 된다고 했죠? 배경색이 다르잖아! 하나 씨 눈엔 이게 베이지색이야?"

"아, 제 생각에 이 제품이 10대 청소년층을 겨냥하고 나온 제품이니 차분한 컬러감보단 발랄하고 생기 넘치는 노란색으로 주목도를 높이는 것이 더 나을 것 같아서……."

"내가 언제 하나 씨의 생각을 물어봤죠? 그냥 시키는 대로 열심히나 하세요. 입사한 지 1년밖에 안 된 주제에 뭘 안다고!"

오 팀장에게 온갖 욕을 내뱉는 상상을 하고 나서야 겨우 진정이 되었다. 물론 오 팀장의 말처럼 1년밖에 안 된 사원이 제멋대로 행동한 점은 주제넘을 수 있다. 하지만 신입사원이라는 이유만으로 나의 의견이 저 바닥에 굴러다니는 티끌만도 못하다니.

"내가 진짜 이 거지 같은 회사 때려치우고 만다!"

이 말을 하루에도 수십 번씩 되뇌지만 요즘 같은 취업난 시대에 이만큼 월급을 짭짤하게 주는 회사를 찾긴 힘들어 오늘도 품 안에 있는 사직서를 만지작거리기만 한다.

"어휴. 내가 진짜 더러워서라도 끝까지 회사 다니고 만다. 오 팀장 어디 두고 봐!"

* * *

내일 아침 회의 시간에 발표할 자료준비를 모두 마친 뒤, 새벽이 되어서야 잠자리에 들었다. 그런데 하필 중요한 프로젝트 회의 날 지각할 줄이야!

띠링, 띠링.

귓가에 맴도는 문자 소리, 짜증나 눈을 확 뜬 순간! 정각 10시를 가리키고 있는 시계가 보인다.

"와, 망했다."

수십 통의 전화와 문자들로 핸드폰 화면이 가려진 모습을 보니 눈물이 맺혔지만, 간신히 참고 양말을 짝짝이로 신은 채 허겁지겁 회사로 뛰어갔다. '이왕 늦은 거 그냥 천천히 갈까?'라는 생각도 잠시 했었지만, 동료들 핸드폰 너머 들리는 오 팀장의 불 같은 목소리에 바로 생각을 접었다. 이제 건널목만 건너면 회사 정문에 도착하는 그때, 멀리서 보였던 검은색 오토바이가 어느새 코앞까지 다가와 있었다. 눈을 뜨니 멀리 떨어진 핸드폰에선 오 팀장의 번호가 계속 깜빡거렸다.

'아, 이렇게 될 줄 알았으면 내가 하고 싶은 대로 하고 사는 거였는데. 상사들 눈치 보지 않고 내 의견 당당히 얘기하고, 실패하더라도 무턱대고 도전해 볼걸. 이러면 지금껏 내 노력이 너무 허무해지잖아.'

눈앞에 아른거리던 하늘이 점점 바들거리는 속눈썹에 가려지고 깜깜한 칠흑만이 내 두 눈을 덮었다. 그리고 더는 눈을 뜰 수 없으리라 생각했다. 그런데 시끄러운 소리에 눈을 떠보니 웬 눈이 왕방울만한 어린 소녀가 나를 보며 소리치고 있었다.

"아씨! 정신이 드세요? 이럴 수가! 마님! 아씨가 눈을 떴어요!"

"세상에, 이 어미의 기도가 하늘에 닿은 모양이구나! 초희야! 정신이 드느냐?"

'꿈인가? 아니 근데 무슨 꿈이 이렇게 생생해?'

나를 둘러싼 많은 이들은 한옥마을에서 볼 법한 한복을 입고 옛 말투를 쓰며 서로를 부둥키고 있었다.

"어서 진맥을 다시 짚어 보거라."

"예? 예. 알겠습니다. 잠시 실례하겠습니다, 아씨."

의사처럼 보이는 한 남자가 나의 팔을 잡더니 진맥을 보기 시작했다. 이윽고 귀신이라도 본 듯 하얗게 질린 채 말을 이어나갔다.

"정말 감쪽같이 병이 다 나았습니다!"

* * *

정신을 차려보니 나는 조선 한양의 양갓집 규수, 초희라는 아씨로 다시 태어나 있었다. 오늘내일하던 양갓집 아가씨가 갑자기 벌떡 일어나 "여기가 어딘가요?"에서부터 "드라마 촬영 중이시냐?", "다시 집으로 보내줘요." 등 해괴한 말들만 늘어놓으니 처음 몇 달간은 이불 밖으로 나올 수 없었다. 나는 꿈결에서 헤어나오지 못한 듯, 이게 꿈이야 생시야라는 말만 연신 내뱉을 뿐이었다. 그리고 조선 시대에 떨어진 지 오 개월이 다 돼서야 비로소 인정할 수 있었다. 이게 현실이라는 것을.

'어쩌면 내가 김하나일 때 못했던 것들을 이룰 기회인 걸지도 몰

라. 다행히 양반댁 종으로 태어난 게 아니라 아씨로 태어났으니, 내 마음대로 다할 수 있겠지!'

그러나 내가 한 가지 간과한 사실이 있었다. 이곳은 조선 시대, 보수적이고 꽉 막힌 유교 사상으로 똘똘 뭉친 그 조선 시대라는 것을 말이다! 구경은커녕 바깥으로 나갈 수조차 할 수 없고 온종일 눈 빠지게 바느질과 자수를 하며 수십 번씩 바늘에 찔리곤 했다. 또 한복은 어찌나 갑갑한지 현대 한복과 같으리라 생각했던 것은 나의 착각이었다. 속속곳, 속바지, 너른 바지 등 입어야 할 게 한둘이 아니었다. 이렇게 가만히 있다가는 정말 미쳐버릴지도 모르겠단 생각에 참새를 이리저리 쫓아다니느라 바쁜 아이를 불러 세웠다.

"여리야. 갑갑하니 잠깐 마실이라도 갔다 오자꾸나."

내가 이곳에서 눈을 떴을 때 처음으로 마주한 아이, 여리다. 키는 밤톨만한데 힘은 어찌나 저리 장사인지……. 처음에는 초등학생 정도로 보이는 아이가 몸종이라는 사실에 너무 안쓰러워 궂은 일을 시키지 못했다. 그랬더니 자신을 미워하는 것이냐며 훌쩍이는 모습에 어쩔 수 없이 일들을 맡기곤 한다.

"아씨! 어딜 나가신다는 말씀이세요. 아무리 예전보다 활기를 되찾으셨다 하더라도 아직은 많이 위험하세요!"

"나를 걱정하는 네 마음은 기특하나, 나 역시 매번 같은 수업에 지치지 않을 수가 없구나! 이러다간 나았던 병도 다시 돌아올 기세이다. 어머니 몰래 잠시만 나갔다 오면 안 되겠니?"

조선 시대에 온 지 일 년이 다 되어가거니 입에 붙어 떨어질 기미가 보이지 않던 현대의 말투가 사라지고 품위 있는 양반 아씨의 말투가 자연스레 나왔다.

"안 되는데…… 아이참 알겠어요! 바람만 쐬러 갔다 오는 거예요. 아시겠죠?"

나는 싱긋 입꼬리를 올리고 서둘러 머리에 장옷을 둘러쓴 채, 장시로 발걸음을 향했다. 장시에 들어서니 고소한 냄새들이 향을 풍기고 시끌벅적한 사람들 소리에 자주 가던 시장이 떠올랐다.

'아, 할매 국밥 기가 막혔는데.'

이곳의 국밥 냄새에 잠시 길을 잃을 뻔했지만, 그 모습을 본 여리가 잽싸게 나를 막아섰다. 돌아서려는 그때, 멀리서 한 사내아이가 구석에서 쪼그려 있는 모습을 보았다.

"얘야, 여기서 무얼 하는 거니?"

이윽고 아이의 눈에 눈물이 방울방울 맺히더니 엉엉 울기 시작했다.

"흐윽. 저희 아버지는 전국 방방곡곡을 누비는 보부상이십니다. 그런데 이번에 물건이 하나도 팔리지 않아 제 가족이 다 굶어 죽게 생겼습니다. 아버지께서 이번에 꽃을 피우면 그 향이 천 리까지 퍼진다고 하여 천리향으로도 불리는 '서향 가루'를 큰맘 먹고 사들이셨는데 만나는 이마다 문전박대이니. 흐윽."

나는 아이가 건네준 서향을 한참 동안 맡아보곤 사내아이에게 미소를 지으며 입을 열었다.

"아이야, 내 너에게 귀띔해 줄 만한 이야기가 있는데 잠시 들어보겠느냐? 서향 가루의 매혹적인 향이 은은하게 퍼지는 것이 단아하고 차분한 분위기를 내기에도 안성맞춤인 듯하구나! 그러나 고가의 물건이니 당연히 평민들에게 팔리지 않을 것이고 이미 사대부층 여식들은 하나씩 가지고 있을 터, 네 아비에게 굳이 살 이유가 없다는 거지. 하지만 한 가지 그럴듯한 방법이 있긴 한데……. 일단 먼저 삼베를 구하거라. 그리고 삼베에 소량의 서향 가루를 넣어 작은 주머니로 만드는 것이다. 그 주머니를 물에 푹 삶아 몸을 씻으면 향이 은은히 나게 되겠지. 지금 가지고 있는 서향의 양을 조금씩 나누어 원래의 가격을 낮추면, 평민들도 맘 먹으면 살 수 있게 될 것이다. 하루 벌어 하루 먹고 사는 평민들에게 향이 가당키나 하겠냐마는 분명 호기심을 가지는 아낙네들이 있을 것이다. 아! 그리고 절대 한 번에 많은 양의 물건을 팔지 않도록 하여라. 물량의 제한은 물건의 희소성을 높여 더욱 가치 있어 보이게 하는 법이니. 내가 해줄 수 있는 말은 여기까지구나."

아이는 듣는 내내 고개를 연신 끄덕거리더니 우렁찬 목소리로 감사 인사를 하고선 홀쩍 떠나버렸다. 그리고 나 또한 가벼운 마음으로 발걸음을 돌렸다.

* * *

"아씨, 아씨! 그 소문 들으셨어요?"

"어떤 소문 말이냐? 누가 장원급제라도 하였느냐?"

"아뇨! 그 아씨가 보름 전 만났던 사내자식 있지 않습니까? 글쎄, 그 사내자식의 아비가 파는 서향이 평민들 사이에서 그리도 인기가 많다 합니다. 지금껏 서향은 양반 나리들만 쓰는 것인 줄 알았는데 이리도 열풍이니 신기할 따름입니다!"

우연히 좋은 생각이 떠올라 살짝 귀띔해 준 것뿐인데 그 아이에게 많은 도움이 된 것 같아 어깨가 슬금슬금 올라갔다.

'그럼 나도 이제 슬슬 내 꿈들을 이뤄볼까? 전 직장에선 오 팀장 지시 아래 움직이는 한낱 직원에 불과했지만 여기선 내가 최고참이야! 날 막을 사람은 아무도 없단 말이지.'

"여리야. 내일 장시에 가서 그 사내아이와 보부상을 민씨댁 다과점으로 불러다오. 내 그들에게 직접 부탁할 것이 있어서 그러니."

"예? 아씨 또 나가신단 말씀이세요? 저 정말 마님께 들키면 쫓겨날지도 몰라요."

"설령 들킨다고 할지라도 네가 혼나는 일은 절대 만들지 않을 것이다. 그러니 어서 갔다 오너라."

아무리 달래도 울상을 짓는 여리에게 약과 한 점을 내주니 그제야 밖으로 터벅터벅 걸어 나갔다.

* * *

"아씨 이쪽입니다. 들어가셔요."

방에 들어가니 보름 전 금방이라도 죽을 것처럼 울상이던 아이는 온데간데없고 살이 보기 좋게 붙은 한 아이와 그의 아비처럼 보이는 남자가 앉아 있었다.

"바쁠 텐데 이리도 흔쾌히 나와 줘서 고맙네."

"아이고! 이분이 네가 말한 은인이시냐? 아씨, 정말 감사합니다. 아씨가 없으셨다면 저희 모두 꼼짝없이 죽을 뻔했습니다."

"이보게나, 예를 거두게. 나는 그저 이 아이에게 조언을 준 것뿐이지, 행동으로 실행시킨 건 이 아이의 몫이었네."

"어찌 이리도 겸손하실 수가……. 저희 같은 평민이 높으신 분과 겸상하니 정말 몸 둘 바를 모르겠습니다."

"그리 놀랄 것 없네. 자네의 소생과 연이 닿아 이렇게 오늘 자네를 부른 것은 내 특별히 부탁할 것이 있어 그렇다네. 내가 직접 하고 싶은 사업이 하나 있는데 나를 도와 함께 일해 보지 않겠는가? 나는 전국 방방곡곡을 누빈 자네도 평생 맛보지 못한 음식을 만들어 팔아볼까 하네."

"아씨가 저를 필요하시다 하면 무엇이든 돕겠습니다. 그런데 어떤 음식이옵니까?"

"호떡이라네."

* * *

조선 시대에 불시착한 지 일 년이 막 넘었을 때 나는 따끈따끈한 호떡을 많이 그리워했다. 하지만 먹고 싶어 한들, 20세기 이후로 중국 화교들에 의해 들어오는 호떡을 무슨 수로 맛볼 수 있겠는가!

'퇴근하고 북서문 시장에서 먹던 씨앗 호떡이 그렇게 맛있을 수가 없었는데. 아! 그래 직접 만들어 먹으면 되겠구나!'

처음에는 쉽게 만들어 먹을 수 있다고 생각했다. 단 게 당길 때면 집 앞 5분 거리인 식자재 마트에서 호떡믹스를 사가지곤 자주 만들어 먹었으니까. 하지만 호떡을 쉽게 만들어 먹을 수 있었던 이유는 만능 빵 효모, 이스트 덕분이었다.

'여기서 무슨 수로 이스트 가루를 찾아⋯⋯.'

한숨을 푹푹 내쉬고 있는데 여리가 옆으로 다가와서 물었다.

"아씨 무슨 고민 있으셔요?"

"그래, 내가 정말로 먹고 싶은 음식이 있는데 만들어 보는 것조차 시도할 수가 없구나. 빵을 천연 발효시키기에는 시간이 아주 오래 걸릴 텐데."

"발효요? 탁주를 넣어보시는 건 어떠세요?"

"탁주? 그래! 막걸리로 발효시킬 수 있겠구나!"

여리의 조언 덕분에 막걸리와 귀하다는 밀가루로 빵을 만들어 숙성시키고 호박씨와 잣 해바라기, 설탕과 계핏가루로 속을 채웠다. 그리고 마지막, 기름에 노릇노릇 튀기려고 부뚜막으로 향하니 여리가 급하게 나를 막아섰다.

"아씨. 정지에서 아씨가 요리하시는 모습을 마님이 보시기라도 하면 그날로 저는 쥐도 새도 없이 사라질 거예요!"

"그럼 너에게 부탁하마. 내가 지금 배가 무척 고프니 지금 바로 튀기도록!"

여리가 갓 튀겨온 호떡을 한입 베어먹으니, 호떡 속이 달달 하면서도 호박씨가 바삭거리는 것이 옛날에 시장에서 호호 불어먹던 호떡 맛이 떠올랐다.

"음. 이 맛이야! 오히려 이스트를 넣었을 때보다 막걸리를 넣으니 빵이 더 부드러운 것 같네!"

여리 또한 한입 베어 물더니 동그랗게 치켜뜬 눈으로 화들짝 놀라면서 말했다.

"아씨. 이리도 맛깔스러운 음식은 처음 먹어봐요!"

한번 호떡을 만들고 나니 생각날 때마다 이따금 호떡을 만들어 먹게 되었다. 그러다 문뜩 호떡을 사람들에게 팔아보면 어떨까 하는 생각이 들어 그날부터 틈만 나면 여리와 호떡 사업에 대한 계획을 세우고 꿈을 키워나갔다.

'지도에 가는 길은 잘 표시해 두었으니 이젠 지도를 따라 목적지에 도착해야겠지.'

내 이야기를 듣던 보부상은 침을 꼴깍 삼키며 말했다.

"정말 듣기만 해도 군침이 도는군요. 하지만 밀가루는 궁중 요리에서나 사용되는 귀한 재료가 아닙니까?"

"자네 말마따나 밀가루는 매우 귀한 재료이지, 그래서 메밀가루를 사용하면 어떨까 싶네."

"좋은 생각인 듯합니다! 나중에 꼭 제게도 호떡이라는 것을 맛보게 해주십시오. 하하!"

"알겠네, 그럼 이제 자네가 해야 할 일을 이야기하지. 먼저 메밀가루를 넉넉히 마련해왔으면 하네. 이곳저곳을 누비는 보부상인 자네라면 충분히 할 수 있는 일이라 생각하네."

"알겠습니다, 아씨. 이른 시일 안에 다시 찾아뵙지요."

그렇게 돈을 쥐어 준 채 보부상과의 만남을 뒤로 하고 사흘째가 되는 오후였다. 별당에서 부산스럽게 한과를 먹던 중, 이레가 허겁지겁 뛰어왔다.

"아씨! 얼른 오셔 봐요! 보부상께서 메밀가루를 산처럼 쌓아 들고 오셨어요."

'적어도 이레는 걸릴 줄 알았는데 사흘 만에 메밀가루를 공수해 오다니. 재주가 뛰어난 건 좋지만, 그래도 너무 이르잖아!'

"일단 메밀은 아무도 모르게 곳간에 숨겨두고 당장 나갈 채비를 하자꾸나."

"아씨, 메밀을 숨겨두기엔 너무나도 많은 양인데요?"

"흠흠. 나도 보부상이 이렇게 빨리 올 줄 알았겠느냐? 시간이 없으니 얼른 갔다 오자꾸나."

"어딜 말이요?"

"가보면 알게 될 것이다."

호떡을 팔기 위해선 음식을 만들 노동력과 장소가 필요했다. 그래서 호떡 재료를 보관할 만한 곳이 없나 고민하다 좋은 장소가 떠올랐다.

'호떡을 자유롭게 만들 수 있으며 보관할 수 있는 곳, 주막이다! 이제 주막 주인과 이야기만 끝내면 되는데 메밀이 너무 빨리 왔어.'

* * *

작은 고개 밑 길목으로 들어서니 관리된 지 오래된 듯한 주막이 보였다.

"여기 주인장 있는가?"

사람 인기척 소리에 헐레벌떡 뛰어오던 주모는 나를 보더니, 고개를 갸우뚱거리며 이야기했다.

"딱 봐도 귀한 댁 아씨이신 것 같은데 어인 일로 오셨습니까?"

나는 꼬르륵거리는 배를 움켜잡으며 주모에게 이야기했다.

"이야기하기 전에, 돼지머리 국밥이라도 하나 내어주시게. 급하게 오느라 배에서……. 흠흠."

국밥을 싹싹 비워놓고는 그제야 주모와 이야기했다. 호떡 사업에 관해 이야기하니 처음에는 그저 양반집 여식의 터무니없는 호기심이라고 여기는 것처럼 보였으나 나와 어리의 열띤 담화에 주모는 진지하게 고민하는 듯하였다.

"그러니까 제가 호떡이라는 것을 만들고 팔기만 하면 된다는 거지요? 더군다나 돈도 두둑이 챙겨주신다니……. 보시는 것처럼 요즘 장사가 잘되지 않아 쫄쫄 굶어 죽게 생긴 마당이었는데, 저로선 안 할 이유도 없죠! 아씨 말대로 하겠습니다."

"그럼 약조된 것이네! 일단 지금 당장 급한 것은 메밀을 이곳 주막으로 옮기는 일이니 내일 이른 시각에 자네를 부르도록 하겠네."

사실 주막 주인이 거절하면 어쩌느냐는 걱정도 했었다. 장시 주변에 있는 주막들은 장사가 활발히 이루어지고 있으니 굳이 나의 이야기에 귀담아들을 필요 없다. 그래서 일부로 작은 고개 밑 길목에 있는 돈이 궁한 주막을 골랐더니 다행히도 이야기가 술술 풀려 만족스러웠다.

* * *

홀가분하게 집으로 돌아오니 대문 앞 하인이 급히 나를 불러 세웠다.

'이거 약간 느낌이 안 좋은데…….'

"아씨, 아씨! 대감마님께서 아씨가 외출을 끝내고 돌아오는 즉시

방으로 모시고 오라고 하셨습니다. 사실 몇 시각 전 곳간에 정체 모를 메밀이 쌓여 있는 것을 대감마님께서 아시곤 노하셨습니다. 혹시 아씨와 관련된 것인지……."

하인의 말을 듣곤 급히 사랑방으로 달려가 한 발짝 발을 내딛는데, 날카로운 시선 때문에 정수리가 따끔따끔했다.

"도대체 지금까지 무슨 짓을 벌이고 있었던 것이냐? 이렇게 막무가내로 처신하라고 내 너에게 그렇게 큰돈들을 쥐어 준 줄 아느냐! 몸이 여리고 약해 지금껏 혼사도 미뤘더니 뭐? 장사하고 싶다? 대체 어느 집 여식이 평민이 하는 일을 자진해서 한단 말이냐? 너의 혼사를 미룬 것은 나의 큰 실수였구나. 하루빨리 혼사를 서두를 것이니 초희 너는 잔말 말고 혼사 수업이나 받거라!"

갑자기 청천벽력 같은 소리를 들으니 눈앞이 깜깜해졌다. '메밀을 들킬까 급하게 길을 나섰던 것인데 다 헛수고였네.'

"이제 어찌하실 생각이십니까? 이제 혼례 전까지 꼼짝없이 아씨의 별당에만 갇혀 있게 생겼습니다."

"여리야, 처음 네가 나에게 탁주를 알려주어 호떡을 만들 수 있었듯이 지금도 우리가 머리를 맞대면 충분히 해결할 수 있을 것이다. 좋은 방법이 없겠느냐?"

여리는 골똘히 고민하더니 나에게 다가와 속삭였다.

"호떡을 대감마님 상에 내어드리면 어떨까요? 대감마님도 호떡 맛을 보신다면 분명 생각이 달라지실 거예요!

"그러다 더 큰 화를 불러올 수도 있을 것 같은데. 일단 한번 네 말대로 해보자꾸나!"

급히 여리가 만든 호떡을 가지고 사랑채에 들어갔다. 몇 입 베어먹으시더니 한참 동안 말이 없으셨다.

'마음에 안 드시는 건가? 하긴 평소에 단 음식을 드시지 않으셨으니…….'

"입안이 달짝지근하면서도 고소한 풍미가 느껴지는구나. 지금까지 어떻게 이런 음식을 맛보지 못하고 살았는지!"

"예? 아! 역시 아버님 입맛에 맞으리라 생각했습니다. 저는 이 음식이 조선의 모든 이들에게 사랑받는 음식이 될 것이라 확신할 수 있습니다. 비록 지금은 제 몸이 많이 호전되었지만 언제 다시 병이 돌아와 저를 괴롭힐지 모릅니다. 그러니 이번 한 번만 저를 믿어주세요."

일부러 살짝 머리를 헝클어뜨리고 분을 입술에 문질러 초췌한 모습을 보여 드리니 깊이 고민하시는 듯했다.

"그래, 초희야. 네 맘은 충분히 알겠다. 이번 한 번만 눈감아 줄 테니 네가 하고 싶은 대로 해보아라."

간신히 허락을 받고선 내 방으로 돌아와 골똘히 고민했다. 이번 계획에 실패하면 얼굴도 모르는 이와 혼례하고 정조를 지키며 평생 지아비 될 사람을 보필하며 살아가야 한다는 어머님의 말씀이 머리에 맴돌아 밤잠을 지새우며 나의 호떡 사업에 공을 들였다.

'이 꽃다운 나이에 정조는 무슨……! 절대 그렇게는 안 되지!'

* * *

시간이 날 때마다 여리와 함께 주막에 찾아가 호떡을 만드는 방법과 호떡 속을 채우기 위한 재료들에 대해 고민했다.

"꿀 호떡과 씨앗 호떡 이외에도 뜨시게 배를 채울 만한 호떡이 없으려나?"

"아씨, 팥을 속으로 넣는 것은 어떠하신지요?"

"주모! 그거 아주 좋은 생각이네. 그럼 이제 가격을 정해 볼까나."

'가격을 책정하기 전, 어떤 이들을 대상으로 음식을 팔아야 할지 생각해 봐야겠지. 양반보다는 양반이 되기 위해 노력하는 중인들을 대상으로 음식을 파는 것이 좋겠어. 소수의 양반에게만 총매출을 의존하는 것은 한계에 부딪히기 때문에, 중인들에게 호화 마케팅을 이용해 희소성과 차별성을 강조하기만 한다면 분명 반응이 오지 않을까? 그리고 하위 계층의 모방을 끌어내 평민들 사이에서도 넓게 확산할 수 있겠지.'

"여리야, 네 생각엔 얼마가 가장 적당한 듯하니?"

"음. 주막에서 국밥 한 그릇과 막걸리 한 병이 1냥이니 5전이 어떨까 싶어요!"

"중상위 계층의 사람들에게 5전은 오히려 이 음식의 가치를 떨어뜨릴 듯싶구나. 낱개로는 9전, 세트 상품으로 2냥은 어떠하냐?"

"아씨, 세…트가 무얼 말하는 것인지 잘 모르겠습니다. 아씨는 가끔 소인이 이해할 수 없는 말들을 하는 것 같아요!"

"아! 말이 헛나온 모양인가 보구나! 3개 정도를 묶어 파는 것이지. 하. 하."

"그런데 소인이 생각하기엔, 아씨 말씀대로 3개를 묶어 팔면 오히려 손해지 않습니까?"

"이것이 바로 고도의 장사 전략인 셈이지. 사는 이들 처지에선 당연히 더 이익을 보는 쪽을 선택할 것이고, 그럼 오히려 낱개로 파는 것보다 더 많은 이익이 날 수 있지 않겠느냐?"

"듣고 보니 아씨 말씀이 맞는 것 같네요! 제가 아씨를 모셔온 지 어언 7년이 다 되어가는데 이리도 장사에 능통하신 줄은 몰랐습니다."

'당연하지, 껍데기는 같아도 속은 완전히 다르니……'

"흠흠. 그럼 이제 준비는 모두 마쳤으니 보부상을 내일 일찍 불러다오. 본격적으로 장사를 시작하자꾸나."

"예, 아씨!"

이른 아침, 발 빠른 여리 덕분에 비몽사몽 한 채로 보부상과 만나게 되었다. 보부상은 상에 올려진 호떡을 호호 불어먹고는 만족스럽다는 듯이 호탕하게 웃었다.

"그렇다면 이제 파는 일만 남았네. 일단 한양을 이곳저곳 돌아다니며 중인들을 상대로 호떡을 팔게나. 처음에는 이상하게 여길지 모르나 호기심이 있는 자들은 마지못해 사는 척을 할걸세. 한번 먹으면 쉽게 잊혀질 맛은 아니니 분명 다시 자네를 찾게 되겠지."

"알겠습니다. 아씨! 하루빨리 좋은 소식으로 찾아뵙겠습니다."

* * *

"여리야, 잠깐 이리로 와 보거라."

"아씨, 부르셨어요?"

"그래, 너의 도움이 좀 필요할 듯싶구나! 입소문이라는 게 처음에는 작은 불씨에 불과하지만, 그 불씨에 장작을 넣으면 몸집이 점점 커지면서 빠르게 번져나가지. 그러니 입이 자주 오가는 저잣거리에 가서 호떡에 관한 이야기를 하도록 하거라. 자연스레 사람들의 귀에 익고 호기심이 극에 달했을 때, 평민들에게 물건을 팔기 시작하자꾸나."

"좋은 생각인 듯합니다! 그럼 전 아씨가 맡겨주신 소임을 열심히 하고 올게요!"

보름이 다 되어가자 벌써 입소문이 내 귀에까지 들려왔다.

"글쎄, 요즘 호떡이라는 음식이 높으신 분들 사이에서 그렇게나 유행한다더군."

"아, 그 얘기라면 나도 들었네, 조만간 우리 평민들도 맛볼 수 있다고 어렴풋이 들은 것 같은데, 어서 빨리 맛보고 싶구먼그려."

시간이 점차 흐를수록 호떡에 대한 사람들의 호기심은 커졌고 나의 목표도 가까워져만 갔다. 드디어 계획한 날이 다가오자 여리와 주모에게 이야기했다.

"이젠 호떡을 평민들 상대로 팔 계획이다. 그렇담 호떡의 양이 훨씬 많아져야 하고 가격 또한 손을 봐야겠지. 여리는 계속해서 이곳저곳을 다니며 입소문을 내어라. 그리고 닷새간은 무려 3전에 호떡을 살 수 있다는 것도 덧붙이고! 그리고 주모는 호떡을 만들 손을 더 구하길 바라네. 아! 사람을 많이 구하진 말고, 하루에 딱 100개의 호떡만을 만들어 팔 정도로만."

여리의 열띤 홍보 덕분이었는지 아침부터 사람들이 바글바글 모여 있었다. 올망졸망 침을 꼴깍 삼키며 기다리고 있는 아이들부터 아낙네, 농민, 상인, 장돌뱅이까지 혹여나 호떡을 못 사갈까 싶어 눈을 부

룹뜨며 얼마나 호떡이 남았는지 세고 있었다.

조그마한 호떡을 네 개로 나누어 복스럽게 먹던 아이들은 행복하게 웃었고 호떡을 사 간 사람들은 와자지껄 떠들며 호떡에 관해 담소를 나누었다.

"분명 떡처럼 쫀득쫀득하리라 생각했는데 당최 이것은 무엇으로 만든 음식인고?"

"내가 볼 땐 이것은 메밀인 것 같아! 속의 달콤하면서도 씹히는 것이 꼭 잣 같구려?"

"무슨 소리인가! 내가 볼 땐 이건 땅콩인 듯하네."

"뭐가 됐든 맛만 있으면 된 거 아닌가? 허허"

"그래도 이 한 입 거리가 3전이라니 너무 비싼 것 아닌가?"

"원래는 높으신 분들이 먹던 음식이니 그런 거지. 오히려 이런 귀한 음식을 3전에 먹을 수 있으니 그리 비싼 것도 아니지 않나."

* * *

"아씨! 아주 그냥 대박이 났습니다! 사람들의 발길이 끊이질 않아요!"

"그래? 그것참 다행이구나. 네가 곁에 있어 내게 참 많은 도움이 된 듯싶구나."

"아유 아녀요. 아씨가 다 시키신 일이신 걸요."

내가 생각했던 것 이상으로 호떡의 인기가 늘어가니 곳간을 채우고도 넘칠 정도의 돈이 모였다. 하지만 인기가 많아지면 구설수도 늘어나는 법! 골치 아픈 일이 생기고 말았다.

"아씨! 제가 주막에 갔다 오는 길에 이상한 이야기를 들었는데, 저 잣거리 골목 끝에 호떡을 파는 곳이 새로 생겼다 합니다!"

"무슨 소리! 2호점은 움직이기 귀찮아서 집 근처에 마련하려고 했는데……. 내가 직접 가보도록 하지."

'역시나 일이 잘 풀린다 했어……. 조선 시대에는 특허라는 개념이 없으니 설령 누군가가 호떡을 만들어 판다 한들, 무어라 문책할 명분이 없는데…….'

저잣거리 끝 골목에 다다르니 사람들이 북적북적했다. 호떡과 모양새가 비슷하긴 했지만, 다행히 맛은 천양지차였다.

'맛도 비슷했으면 소름 돋을 뻔…….'

"아씨, 딱히 걱정하지 않으셔도 될 것 같아요"

"지금 당장은 그렇지만 언제 어디서 우리의 호떡을 똑같이 만들어 팔지는 모르는 일 아니더냐? 그러니 이 문제를 하루빨리 해결해야겠구나."

'특허라는 개념이 없으니 물권에 관한 효력이 당연히 불가할 텐데, 그럼 상표를 자체적으로 만들어 볼까?'

"여리야, 상표를 만들어 우리의 호떡이라는 것을 분명히 드러냈으면 하는데 어떤 방법이 좋겠느냐?"

"제 생각엔 동백꽃을 그려 넣으면 어떨까 싶습니다. 동백은 다른 꽃들과 달리 겨울에도 꽃을 피워 냅니다. 살벌한 겨울의 추위에도 활짝 꽃을 피워내는 것처럼 이 호떡 또한 많은 이들에게 따스함을 안겨주지 않습니까? 그러니 호떡 누르개에 동백꽃을 새겨넣어 호떡을 만드는 것은 어떠할까요?"

이야기를 잠자코 듣던 나는 여리의 의견에 감탄할 수밖에 없었다.

'여리는 현대에 태어났으면 아주 유능한 사업가였을 거야.'

여리의 말대로 나는 호떡 누르개에 동백꽃의 그림을 새겨 넣었다. 호떡에 새겨진 그림을 보곤 처음에 사람들도 놀란 듯했으나 이내 신기해하고, 소문을 듣고 저 멀리 함경북도에서부터 이곳 한양까지 온 사람들도 생겼다.

더군다나 양반들도 처음엔 체면치레를 위해 하인들을 시켜서 몰래 사가더니, 나중엔 그냥 직접 찾아오기까지 했다. 언뜻언뜻 혼례에 대해 눈치를 주시던 가족들도 더는 뭐라 하지 않았다. 내가 이루고자 했던 꿈을 이루고 나니 상상 이상으로 즐겁고 행복했다.

물론 내가 생각해 왔던 사업환경과는 많이 다르긴 하지만 지금껏 노력해 왔던 것들이 그래도 빛을 내는 모습을 보니 의미 있는 행동이 었음을 알려주는 등대 같았다. 그렇다고 꽃길인 미래만을 기대하는 것은 아니다. 실패할 수도 있고 큰 벽에 가로막힐 수도 있다.

'뭐 이를테면 오 팀장 같은 재수 없는 사람이 나타나 호떡에 대한 해괴한 소문을 퍼뜨린다거나……. 흠흠.'

하지만 그때마다 넝쿨을 올라타 담장을 넘어서는 담쟁이처럼 계속해서 올라갈 것이다. 겨울에는 꽃들이 하나둘 제 모습을 감추어 사라지지만 봄이 되면 다시 자신을 아름답게 피워 낸다. 나도 이 꽃들과 마찬가지다. 겨울을 꿋꿋이 버텨 조선에서 꽃을 피워 냈다.

'대한민국이 아니라 조선이긴 하지만 꿈은 이뤄냈으니 뭐 거기서 거기 아닌가?'

오늘도
심리상담

홍예진

오늘도 저녁까지 내담자의 상담을 마치고 집으로 돌아가던 중이었다. 피곤한 와중에 전화 소리가 들려 폰을 보니, 오늘 상담한 내담자한테서 온 전화였다.

　"여보세요?"

　"저, 한가연 선생님. 내일도 상담하기로 했는데요, 혹시 미룰 수 있나요?"

　"네. 언제쯤 가능하신데요?"

　"다음 주 수요일쯤 시간이 되시나요?"

"네. 몇 시쯤 하시겠어요?"

"오후 7시요!"

"네. 알겠습니다."

내일 상담이 취소돼서 여유가 생겼지만, 친구와 약속을 잡기엔 친구들도 평일에 바빠 만나자고 말을 꺼내지 못했다.

* * *

"다녀왔습니다."

퇴근한 나를 맞이하는 건 불이 모두 꺼져 어둡기만 한 자취방뿐이었다. 자취방을 구한 지 몇 년이 되었는데 난 아직도 혼자서 다녀왔다고 말하는 것이 익숙해지지 않았고 외로운 마음만 가득했다. 집에 와서 거실 불을 켜고 의자에 멍하니 앉아 있었다.

띠리리링 띠리리링.

그 침묵을 깨는 것은 바로 전화 소리였다.

"여보세요?"

"가연아, 엄마다. 내일 시간 있으면 집으로 내려오렴. 얼굴도 까먹겠구나."

"네. 노력은 해볼게요. 어머니."

"그래."

나랑 어머니와의 대화는 그렇게 짧게 끝났다. 나도 어머니께 드릴 말씀도 없고, 어머니도 나에겐 굳이 할 말이 없으신 듯했다. 어머니와 나와의 사이가 좀 어색하고 서먹한 사이가 된 것 같았다.

* * *

어머니와의 전화 후에 계속 폰을 보다 잠들었다. 오늘은 시간이 있긴 했지만, 아침부터 부모님 집으로 가긴 부담스러워 일단 출근을 했다. 문을 열고 들어가니, 내가 어제 마셨던 커피부터 시작해서 모든 것들이 책상 위에 어질러져 있었다. 일단 환기부터 시키고 책상 정리를 시작했다.

"후우, 힘드네."

이렇게 혼잣말을 조금씩 할 때쯤, 누군가가 노크를 했다.

"누구세요?"

"상담 받으러 왔는데요. 예약을 먼저 하고 왔어야 하나요?"

"네, 계단을 올라오시면서 보셨을 테지만 전화나 문자로 예약을 먼저 하시고 오셔야 합니다. 저는 상담 예약이 없으면 출근하지 않는 경우가 많거든요."

"아, 그렇군요."

그 사람은 고개를 떨구며 시무룩한 표정을 짓고 있었다.

"하지만 오늘은 제가 출근을 했으니 상담을 진행해 보죠. 다음부터는 꼭 전화나 문자로 예약해 주세요."

"네. 감사합니다!"

그 사람의 표정이 곧 밝아졌다.

"그래서 무엇에 관한 상담을 받고 싶으셔서 오셨나요?"

"아…… 그게…….”

그 사람은 제대로 된 답변을 못하고 우물쭈물했다. 내담자가 계속 저런 태도라면 오늘 부모님 집은 못 가게 될 것 같은 생각에 내심 기뻐하다가 내가 참 이기적인 생각을 한 것 같아 평소보다 적극적 반응을 하며 상담을 진행했다.

* * *

내담자는 열심히 들어줘서 고맙다며 상담비까지 더 내고 가셨다. 분명 더 안 받으려 했는데, 내 명함을 들고 빠른 걸음으로 나가셨다. 내가 감사하다고 크게 말하니, 그분의 얼굴이 빨개지면서 빨리 들어가라는 손짓까지 하셔서 나는 피식 웃었다.

띠리리링 띠리리링.

"가연아, 오늘은 못 오니?"

"아니요. 방금 상담 끝나서 갈려고요."

"그래? 다행이구나."

"네. 이제 준비하고 바로 가도록 할게요."

"그렇게 하렴."

어머니와의 전화가 끝난 후, 이제 다시 자취방에 갈 준비를 했다. 그리고 오늘 내담자가 '이런 말을 이렇게 열심히 들어주는 사람도 없었다.'라며 매우 기뻐하며 고마워하는 모습이 생각나 자꾸 웃음이 났다.

* * *

자취방에 도착하자마자, 부모님댁에 가기 싫은 마음을 간신히 붙

잡았다. 그래도 오랜만에 어머니 얼굴도 좀 뵐 겸 갔다 오는 것으로 위안을 삼았다. 나는 부모님 집에서 자고 올 것이 아니기 때문에 간단한 짐만 챙겼다. 내가 자취방에 살면서 부모님 집에 한 번도 간 적이 없어서일까, 집으로 오라는 내용이 없었는데 불안한 생각들이 쌓이고 있었다. 내 자취방에서 부모님 집으로 가려면 기차를 타고 종점에서 내린 다음 지하철로 갈아타서 종점까지 가서 10분 정도 걸어야 하기 때문에 벌써 피로가 몰려오는 듯했다.

* * *

부모님 집 가는 길에 기차와 지하철에서 잠만 잤다. 요즘에 잠을 잘 자지 못하였기 때문일 것이다. 이러다간 부모님 집에서 자는 것이 아닐까 걱정을 했었는데, 부모님 집에 도착하니 절대 못 잘 것 같았다. 어머니와 아버지가 나를 집 밖에서 기다리고 계셨다. 나는 그 모습을 보자마자 먼저 말을 걸었다.

"어머니, 아버지 왜 밖에 나와 계세요?"

"네가 제대로 찾아올지 걱정이 돼서 말이야."

어머니가 먼저 얘기하셨다.

'어머니는 정말 내가 길을 잃을 거라고 생각한 건가, 아니면 아버지가······'

어쨌든 집에 들어가자마자 아버지가 내게 말씀을 하셨다.

"너 요즘에 뭐 하고 다니니?"

"아버지가 저 같은 것은 절대 못한다고 얘기하시던 심리상담사가 되었어요."

"흠, 그래? 근데 집에는 왜 왔니?"

"어머니를 뵙고 싶어서요."

"……."

아버지는 아무 말도 없으셨다. 나는 딱히 아버지를 보고 싶어서 온 것도 아니니까. 굳이 아버지까지 보고 싶었다고는 얘기하고 싶지 않았다. 나는 사실 이런 어색한 상황이 낫다고 생각했다. 아버지랑 말싸움하는 것보단 더 이로운 상황이라 여겼기 때문이다.

* * *

어머니가 나를 방으로 데려가셔서 먼저 말을 시작하셨다.

"아빠랑 뭔 일 있었니?"

"하, 아버지? 저 사람이 제 아버지라는 게 믿기지 않아요. 어머니도 왜 그렇게 사는지 이해가 되진 않아요. 하지만 어릴 적엔 도움을 받던 시절이 있었죠. 어릴 땐 감사했습니다. 하지만 아버지에 대한 불쾌감은 지울 수 없을 것 같아요."

"그래……. 너는 그렇게 생각할 수도 있다는 걸 몰랐구나."

"근데, 오늘 왜 오라고 하신 거죠?"

"음…… 너의 자취방이 궁금해서? 내일 같이 갈까?"

"내일? 저 오늘 바로 갈 텐데. 아버지랑 같이 오시게요?"

"안 되니?"

"네. 어머니라면 몰라도 아버지는 안 될 것 같아요."

어머니는 알겠다는 듯, 짐을 챙기는 듯 보였지만 그것은 내 착각이었다. 어머니는 그저 집에 있는 것을 원하는 것 같았고 짐을 챙기는 '척'만 했을 뿐이었는데 속은 기분이라서 조금씩 기분이 나빠지기 시작했다.

"어머니 안 가실 거면 얘기해 주시지 그러셨어요. 그러면 바로 갔을 텐데."

"아…… 미안하구나. 내년, 내후년에는 갈 수도 있겠구나. 그때까지 기다려줄 수 있을까?"

* * *

어머니한테 짜증을 내다니, 나도 참 불효를 하는구나라고 생각했다. 어머니는 항상 나를 지켜주려고 하셨는데, 왜 이리 슬픈지. 어머니께 따로 죄송하다는 사과의 문자를 넣고 기차에서 잠이 들었다. 하지만 곧 전화 소리와 함께 깼다.

띠리리링 띠리리링.

누가 전화하는지 봤더니, 아버지가 전화하신 것이었다. 전화를 받긴 싫었지만 받지 않으면 어떤 일이 일어날지 몰랐기에 일단 받았다.

"너, 니 엄마한테 자취방 가자 했나?"

"왜요?"

"니 엄마가 자취방 간다는데, 니 자취방 아니가. 니 자취방 어딘데. 데리고 오게."

"왜요? 어머니는 제 자취방에서 잘 모시다가 집으로 나중에 모셔다 드릴게요. 괜한 걱정하지 마세요."

"하- 됐다. 쯧."

뚝.

분명, 아버지가 어머니를 데리러 온다는 소리는 당신이 화가 났다는 것이다. 누군가를 때려야 분이 풀리는데 아무도 없으니까 전화한 것 같았다. 그리고 아버지는 늘 자기 할 말만 하시고 끊기 십상이다. 내가 뭐라 얘기한다고 한들 아버지 성격이 바뀔 리가 없다는 것을 잘 알고 있다. 분명, 어머니는 내가 오면 해결될 것이라고 생각한 걸지도 모른다. 하지만 내가 성인이 되면 아버지가 변할 것이라 생각한 나도 바보였던 것이고, 남의 눈만 의식하는 아버지가 변하는 일은 일어나지 않았다. 하지만 이런 것을 굳이 아버지께 얘기하기 싫었다. 아버진 항상 남의 시선을 신경 쓰기에 평판은 나쁘진 않지만, 그러한 점이 싫었기도 했다. 항상 이중인격 같은 모습에 짜증이 났다.

"후, 이 정도로 둘러대면 되겠지. 어머니는 아마 외할머니댁에 가셨겠지……."

* * *

집에 도착하자마자 침대에 가서 누웠다. 오늘 있었던 일을 다시 되돌아보는 시간을 가졌지만, 아버지가 생각나서 눈살이 찌푸려졌다. 나는 너무 피곤한 나머지 다시는 안 가겠다는 다짐을 한 채로 잠들어 버렸다. 잠을 잘 자고 있었는데, 갑자기 전화 소리가 울렸다.

띠리리링 띠리리링.

"……여보……세요……?"

"저, 상담하고 싶어서 전화드렸어요."

"아- 언제 하고 싶으신데요?"

"저, 내일이요."

"내일 몇 시쯤에 하시려고요?"

"오후 2시쯤이요."

"혹시 성함이 어떻게 되시나요?"

"정다희입니다."

"알겠습니다. 내일 뵙겠습니다."

뚝.

어머니와 비슷한 내담자의 이름이 조금 신경 쓰이긴 했지만, 잡생각은 하지 않고 내일 상담에 집중하려 했다. 내일 상담을 위해 짐을 챙기고는 잤다.

* * *

일어나자마자 어제 짐 챙긴 것을 그대로 들고 사무실로 향했다. 사무실에 도착하니, 엊그제께 치워서 더 치울 것이 없었다. 그저 컴퓨터를 켜고 내담자를 기다렸다.

똑똑

"누구……"

"저, 어제 상담 예약한 사람인데요."

"아, 어서 여기에 앉아 주시고 이 종이에 이름을 적어주세요."

“네.”

“무슨 고민이 있으셔서 오시게 되셨나요?”

“저……”

“지금 말하기 어려우시면 천천히 말해도 괜찮아요.”

이런 경우의 내담자를 많이 봤기도 했고, 모르는 사람한테 말하기 어려운 건 모든 사람이 같을 것이기 때문이기에 천천히 말할 시간을 드렸다.

“제 동생에 대한 이야기예요.”

“네.”

“제 동생은 항상 자기 말만 하고, 자기 마음에 안 들면 바로 화내죠. 저는 항상 맞고 있어요. 동생이 마음에 안 들면 어머니와 제가 맞죠. 저도 어머니와 동생의 싸움에 끼어들면 마치, 고래 싸움에 새우 등 터지듯 동생의 화가 제게로 와서 제게 화를 내죠. 그래서 무엇을 하기에도 애매하고 너무 힘들어요. 제가 아무 잘못도 한 것도 아닌데 동생의 심기를 건드리면 내가 맞는 건, 말도 안 되잖아요. 엄연히 제가 누나인데 동생의 말을 잘 들어야 한다니. 말도 안 된다고 생각하지 않으세요?”

“아…… 그렇네요. 저도 동생은 아니지만 그런 일을 겪은 적이 있었어요.”

내가 모르는 사람에게 내 과거를 조금이나마 언급한 일은 오늘이 처음이었다. 처음이라서 그런지 심장 더욱더 빠르게 뛰는 것 같았다.

“선생님도 그러한 경험을 하셨군요? 어떻게 해결하셨나요?”

“저는……. 나중에 말씀드릴게요.”

"네."

"또 다른 일은 없었나요?"

"어제 일어난 일이 너무 힘들어서, 친구들에도 말할 수 없었어요. 어제는 동생이 치킨 때문에 어머니와 싸웠어요. 치킨 시키기 전부터 동생이 어머니보고 치킨집으로 전화하라고 말을 해서 어머니가 마지못해 전화를 하셨고, 치킨이 온 뒤에도 어머니와 동생이 다투길래 저는 그냥 있었어요. 그리고 아버지가 동생에게 콜라 담을 컵 때문에 '너만 입이야? 왜 네 것만 들고 와?' 이렇게 말씀하시긴 하셨는데, 장난식으로 말씀하셨는데 동생이 그 말에 또 짜증이 나서 '나 싸울 때 끼어들지 마.' 이런 식으로 대답했고요. 그래서 제가 아버지의 컵과 제 컵을 들고 간 다음, 얼음을 담고 있었는데, 어머니가 설거지하면서 동생 싫다는 말을 혼잣말로 하셨어요. 동생은 어머니가 혼잣말하는 것에 또 화내면서 부엌 쪽으로 왔는데 동생이 저보고 비키라고 했어요. 하지만 얼음을 담고 있어서 비키기가 쉽지 않아서 비키지 않았는데, 저를 그냥 냉장고로 밀치더군요. 그래서 냉장고에 제 머리를 박았는데, 뭐라고 하려다가 말았어요. 왜 그런지 아세요?"

"음…… 모르겠는데요? 왜 아무 말 안 하셨나요?"

"저를 밀치고 나서 어머니가 설거지하고 계시는데, 동생이 어머니의 등을 밀쳤거든요. 그리고 또 어머니와 동생이 싸웠죠. 어제는 그나마 아버지라도 계셨어요. 하지만 어머니와 동생과 저. 이렇게 셋이 있을 때 싸우면 정말 저는 어떻게 해야 할지 모르겠어요. 저는 이런 것들을 친구들에게조차도 말할 수 없어요."

"왜요?"

친구들에게 말하면 '조금이나마 괜찮았을 텐데'라는 생각에 물어본 것이었지만, 결론적으로 내담자의 기분을 신경 쓰지 못한 말이었다.

"······ 제 주변에 있는 친구도 동생이 있긴 한데 여동생이고, 저보곤 항상 여동생보다는 남동생이 낫지 않냐고 말하고, 제가 그 친구에게 동생의 자세한 얘기는 하지 않았지만, 그저 그런 친구에겐 말하고 싶지 않았어요."

"······ 그렇군요."

어느 정도는 이해했다. 나도 친구한테 아버지 얘길 꺼낸 적이 없었다. 친구들은 항상 아버지와 잘 지내고 좋은 이야기를 하는데, '내가 갑자기 아버지 얘길 꺼내서 이 즐거운 분위기를 우울하게 만들 필요는 없다.'라고 생각했었기 때문이다.

"선생님은 제 이런 상황을 이해할 수 있으시나요? 제가 이상한가요? 동생에게 아무 말도 못하는 누나라니. 이러니 동생이 저를 만만하게 보는 걸까요? 남자고, 동생이 저보다도 힘이 세고 하니까."

"다희 씨. 저라도 그랬을 거예요. 저도 그러한 비슷한 상황을 겪어서 그런지, 다희 씨의 마음을 이해할 수 있어요."

"선생님, 감사해요."

"별말씀을요. 또 얘기하고 싶은 것이 있나요? 다 털어놓고 가세요. 가시는 걸음 편안하게요."

"저는 집에서 조용하게 혼자 있는 것을 좋아해요. 하지만 동생이 집에 있어서, 항상 불편해요. 집에서는 동생이 자기 마음대로 하거든요."

"어떻게 자기 마음대로 하나요?"

"우리 집 거실에 있는 컴퓨터는 저와 동생과 아버지의 돈을 합쳐서 산 것인데, 무슨 자기 돈으로 산 것마냥 온종일 컴퓨터로 게임을 하죠. 제가 컴퓨터 쓸 일이 있다 하면 쩨려보면서 빨리 하라고 하죠. 친구들과 게임을 하는 것이 자기의 우선순위일 테니까요. 제가 숙제 하는 것조차도 동생의 눈치를 보면서 해야 된다니까요."

다희 씨는 웃으면서 말했지만 웃을 만한 포인트가 없었다. 웃으면서 얘기한다는 것은, '억지로 웃으면서 얘기한다는 것을 의미하는 것'이라고 생각했다.

"다희 씨. 이런 건 웃으면서 얘기하지 않아도 돼요."

"네."

"제 얘기를 조금 하자면, 저도 아버지 때문에 힘들었어요. 아버지는 항상 남의 눈을 의식하셨고, 그래서 밖에선 착한 아버지라는 수식어가 붙었고, 저는 그런 수식어가 마음에 들지 않았죠. 아버지는 집에 있으면 게으르고 자기 마음에 들지 않는다고 물건 하나 이상 박살내셨죠. 그래서 저는 집에 있기가 싫어졌어요. 그래서 기숙사가 있는 학교로 가서, 아버지랑 멀리했어요."

"……."

내 말을 들은 다희 씨가 몇 분 동안 아무 말도 하지 않았다. 나도 몇 분 동안 아무 말도 하지 않았다. 다희 씨가 말을 먼저 말 할 수 있도록 기다렸다.

"선생님도 많이 힘드셨겠네요."

내담자에게 위로를 받은 적이 이번이 처음이었다. 그래서 그런지 좀 울컥하긴 했다. 하지만 이런 울컥함은 같은 상황을 겪은 내담자와 대화하니까 생긴 것일지도 모른다고 생각했다.

"아, 감사합니다. 또 얘기하고 싶은 것이 있으신가요?"

"네. 제가 중학생이었을 무렵, 영어 과외 시간이 되어서 가려고 했었죠. 하지만 어머니가 빵을 여러 개 들고 오셔서 제가 피자 빵을 골랐어요. 제가 제일 좋아하는 빵 중 한 개거든요. 하지만 동생도 좋아하긴 했는데, 동생은 빵 한 개를 다 먹고 나서 제가 들고 있는 빵을 보곤 같이 나눠서 먹자고 했어요."

"그래서요?"

"그래서 저는 당한 게 많기도 하고, 저는 이제 빵 한 개를 먹으려고 하는데 계속 달라고 하니깐, 계속 싫다고 했어요. 근데 동생이 제 행동에 화가 많이 쌓여 있는 것 같았어요. 그래서 어쩔 수 없이 피자 빵을 두 조각으로 나눴는데, 동생이 갑자기 제 옷에 던지더니 '더러워서 안 먹는다.'라고 말했어요. 저는 그때 동생을 더 짜증나게 해야겠다는 생각이 들자마자 그냥 던진 빵을 먹었어요. 그러니까 동생이 더 화를 냈어요. '그걸 왜 먹어?'라면서. 그래서 빵을 다 먹고 나서 옷도 닦고 영어 과외 하러 갔어요. 아무런 상처도 입지 않은 척하기 위해서요."

"저런……, 영어 과외는 집에서 안 하셨나 보네요?"

"네. 과외 선생님 집도 가깝고 선생님의 아들이 유치원생이라서 제가 선생님 집으로 찾아갔거든요."

"그러셨군요. 그래서 어떻게 되셨어요?"

"영어 과외 선생님이 제가 영어에 집중 못한다는 것을 알아채셔서 무슨 일이 있는지 물어보시고 근처에 식당에 가서 밥을 사 주셨어요."

"그렇군요. 영어 과외 선생님이 좋으신 분이셨네요."

그래도 좋은 사람들이 곁에 있는 것 같아서 마음이 한결 편해졌다.

그리고 다희 씨의 이름에서부터 어머니가 생각났고, 다희 씨가 겪은 일들이 나와 겪은 일들과 비슷해서 공감이 많이 되었다. 그리고 다희 씨도 힘들지 않았으면 했다.

"다희 씨. 고민을 혼자 끌어안으려고 하지 말아요. 힘들면 제 명함 드릴 테니까 상담소로 와요."

"네. 감사합니다. 제 고민이라고 한들, 다른 사람에게는 별거 아니라고 느껴질까 봐 진짜 걱정 많이 했는데 들어주셔서 감사합니다."

다희 씨가 웃으면서 얘기했다. 다희 씨가 동생과 함께 있으면서 이곳에 오기까지 얼마나 힘들었을지 알기에 등을 토닥여 주었다.

"다희 씨 이젠 괜찮으신가요?"

"음, 괜찮은 것은 아니지만 그래도 조금 속이 후련하네요."

"그렇군요. 고민이 생기시면 언제든 오셔도 됩니다."

다희 씨는 웃으면서 고개를 끄덕거렸다. 나도 다희 씨를 보면서 미소를 지었다. 그리고는 다희 씨가 나에게 긴 얘기를 들어줘서 고맙다고 얘기했지만, 이렇게 고민을 얘기하러 오신 다희 씨에게 '고민을 얘기하러 와줘서 고마워요.'라고 얘기했다. 그 얘기를 들은 다희 씨는 기분 좋게 나의 상담소를 나가지 않았을까, 라고 생각한다. 나는 또한, 다른 사람의 고민을 들어주는 사람이기에 내담자의 이야기를 들을 때, 다희 씨를 만나서 내가 조금 더 발전하게 되는 계기가 된 것 같았다.

＊＊＊

띠리리링 띠리리링.

사무실에 혼자 있는데 갑자기 모르는 번호로 전화가 오길래, 안 받으려고 하다가 아는 사람일까 봐 전화를 받았다.

"여보세요?"

"가연아, 오랜만에 전화하는구나."

"어머니?"

"그래……. 전화번호를 바꿨단다. 네가 독립하고 나서는 나도 언젠간 이곳을 벗어날 수 있다는 그런 막연한 생각이 있었단다. 나도 너의 자취집에 가보고 싶었단다. 하지만 니 아빠가 너무 신경 쓰여서 어쩔 수 없었고, 네가 오니까 조금 숨통이 트이는 것 같더라. 친정으로 가면 니 아빠가 못 올 것 같아서 친정으로 왔단다. 워낙 니 아빠는 남의 시선을 신경 쓰잖니. 하지만 니 아빠가 전화를 많이 걸어서 그냥 번호를 바꿨단다. 너한테는 얘기해야 할 것 같아서 전화했다."

"네. 안 그래도 걱정 많이 했어요. 제가 아버지한테 어머니가 제 자취방에 있다 하니까 아버지가 자꾸 저한테 어머니랑 집으로 오라고 그러셨거든요."

"그렇구나……. 몰랐어."

"근데, 괜찮아요. 이제 아버지 전화번호를 차단하면 되니까요."

"그렇게 하렴. 이제 더 이상 니 아빠를 볼 일은 없겠구나."

"네. 어머니도 쉬세요. 그리고 고민 있으시면 제게 말해 주셔도 되요."

"그래. 고맙구나. 너도 쉬렴."

"네."

뚝.

모르는 번호라서 안 받았더라면 어머니와 이런 얘기들을 못했겠
다는 생각을 하고, 아무렇지도 않게 나는 오늘 상담할 내담자를 기
다렸다.

팡수

손광수

나에게는 큰 목표가 하나 있다. 그 목표는 '카모시다 하지메'라는 사람에게 도달하는 것이다.

　'카모시다 하지메'는 나의 꿈이자 목표인 세계 최고의 라이트 노벨 작가이다. 그래서 오늘 나는 그가 나오는 시상식을 보고 있다.

　"2020년 라이트 노벨, 만화 시상식 라이트 노벨 문고 부분 우수상을 발표하겠습니다. 우수상은……. 축하합니다! 키누가사 쇼고&토모

세 슌사쿠의 '어서 오세요 실력지상주의 교실에'입니다!"

이제 대상과 최우수상만 남았다. 대상 후보에는 역시 카모시다 하지메가 있다.

"자, 이제 2020년 라이트 노벨 부분 대상과 최우수상만 남아 있습니다. 먼저 후보 두 팀을 소개해 드리겠습니다. 첫 번째 후보 와타리 와타루&퐁칸의 '역시 내 청춘 러브 코메디는 잘못됐다'입니다. 이 작품은 매년 대상 후보에 빠지지 않는 작품이었고 올해 또한 다시 우승 후보에 올랐습니다. 자, 두 번째 후보는 카모시다 하지메&미조구치 케이지의 '청춘 돼지 시리즈'입니다. 이 콤비는 2010년 '사쿠라장의 애완 그녀' 때부터 이어진 완벽한 콤비입니다."

"자, 그럼 라이트 노벨 대상은! 축하합니다! 카모시다 하지메&미조구치 케이지입니다!"

카모시다 하지메가 대상을 차지하였다. 와타리 와타루도 내가 좋아하는 작가이며 강적이라 생각했다. 표 차이도 크게 안 났다. 그래도 역시 카모시다 하지메가 대상을 차지한 것은 마치 내 일인 것처럼 기뻤다.

"카모시다 씨의 소감을 들어보겠습니다."

"매우 기쁩니다. 와타리 와타루 씨 또한 뛰어난 작가인데 제가 이겨서 놀랍고 아직도 믿기지 않네요. 우승하면 하고 싶은 말이 있었는데 지금 말을 할 수 있겠네요. 라이트 노벨 작가를 꿈꾸고 있는 분들 열심히 하세요! 꼭 좋은 작가가 될 수 있을 겁니다."

"나도 저런 작가가 되어 내가 쓴 것이 애니메이션으로 제작되고 저런 멋진 말을 할 수 있는 사람이 될 거야."

chapter 1
따라쟁이

나는 그 시상식을 보고 난 뒤 라이트 노벨을 쓰기 시작했다.

"아, 어떻게 써야 하는 거야? 도대체 전혀 떠오르지도 않아."

나는 애니메이션, 라이트 노벨을 보기만 했지 라이트 노벨을 어떻게 써야 하는지 전혀 몰랐다. 그래서 나는 정보를 찾기 시작했다.

"라이트 노벨 구성과 작법 노하우? 오, 이거 좋아 보이는데 이거 나 사야겠다."

라이트 노벨을 쓰는 관련 책을 발견했다. 책을 읽어 보니 내가 모르고 있었던 것이 엄청나게 많다는 것을 깨달았다. 캐릭터의 다섯 가지 요소, 액션과 리액션, 시츄에이션, 4막 구성, 세 가지 시간 축, 세 가지 족쇄, 소도구, 플롯 등 여러 가지 독자를 끌어오게 하는 방법들이 있다는 것을 알게 되었다.

"자, 그럼 이제 시작해 볼까 봐. 전체적인 스토리부터 세계관까지 정해 보자. 요새 라이트 노벨에서 큰 인기를 차지하는 학원물로 해볼까?"

나는 결정하기 전에 민수에게 물어보기로 하였다. 민수는 나랑 오래된 친구이며 같은 애니메이션 마니아다.

"왜 전화했냐."

방금 일어난 목소리에 짜증나는 말투 조금 기분이 나쁘지만 참기로 했다.

"나 라이트 노벨 쓸 건데 학원물로 하려 하는데 어떠냐?"

"뭐? 네가 라이트 노벨을 쓴다고. 이상한 소리 좀 그만해. 뭐 잘못

먹었냐??"

"아니! 진지하게 물어보는 거야."

"몰라. 알아서 해라. 그냥 써도 뭐 별거 아닐 건데."

나는 짜증이 나서 바로 전화를 끊었다.

"물어본 내가 문제지."

하여튼 난 학원물로 하기로 하고 전체적인 스토리를 짜기 시작하였다.

* * *

타이틀 : 미정

작품 콘셉트 : 절세 미녀 연예인 여고생의 문제를 학교에서 가장 평판이 바닥인 남자 고등학생이 해결하면서 러브스토리가 이어지고 여러 사건을 해결함.

캐릭터 및 성격

주인공 : 학교에서 안 좋은 소문이 돌며 평판이 바닥이다. 친구는 두 명밖에 없으며 이상한 장난을 자주 침.

히로인 : 인기 연예인, 하지만 연예계 활동으로 인하여 학교에 친구는 없어 고민이 있음.

주인공 친구 1 : 미남, 여자 친구가 있는 주인공과 매일 같이 등교하며 서로 신뢰함.

주인공 친구 2 : 물리에 관심이 많음. 주인공을 싫어하는 것 같지만, 주인공을 제일 많이 도와줌.

주인공 동생 : 어떤 사건으로 기억을 잃음. 그 충격으로 학교도 못 감.

어느 정도 스토리와 캐릭터는 구성했다. 괜찮은지 확인하고 싶어서 민수에게 연락하려 했지만 조금 전 일이 생각나 시우에게 직접 집에 와달라고 했다.

"형, 무슨 일로 부른 거야?"

"아, 내가 라이트 노벨을 쓰기 시작했는데 스토리 구성을 어느 정도 했거든. 어떤지 봐줄래?"

"라이트 노벨을 쓴다고? 되게 멋지다 기대된다. 한번 볼래."

역시 시우는 만족스러운 반응을 해줬다. 평소에도 시우는 나한테 좋게 대해 주는 동생이다. 애초부터 민수 말고 시우에게 연락을 할 걸 이라는 생각이 들었다. 나는 시우에게 스토리 짠 것들을 보여주었다.

"자, 이거 어때?"

시우는 오랫동안 보고 있었다. 그런데 점점 시우가 표정이 안 좋아지는 게 뚜렷이 보였다.

"형, 이거 진심으로 쓴 거야?"

"왜? 무슨 문제라도 있어?"

내가 생각할 때에는 괜찮은 주제에, 괜찮은 캐릭터 설정 꽤 준수하게 했다고 생각했기에 시우의 반응과 표정은 이해할 수 없었다.

"아니, 형. 이거 너무 내용이 뻔해. 요즘 거의 다 이런 식이고 특히 청춘 돼지 시리즈 느낌이 너무 나잖아."

"아냐! 자세히 봐 봐. 다른 점이 있다니깐?"

"주인공과 히로인 친구, 동생 설정까지 너무 비슷해 형 너무 실망이야."

나를 부정하는 듯한 모습에 화가 났다.

"네가 뭘 안다고 그래!"

"형, 왜 갑자기 화를 내고 그래? 솔직히 맞는 말이잖아. 형도 알잖아."

"그런 소리 할 거면 꺼져!"

"형, 진짜 실망이야."

시우는 그렇게 말하고 집에서 바로 나갔다. 나는 내가 쓴 것들을 다시 확인하였다. 천천히 다시 보니 시우의 말이 맞았다. 나는 바로 시우에게 전화를 걸었지만, 시우는 받지 않았다.

"나도 역시 그냥 평범한 애니메이션 마니아에 불과한가? 내가 원하는 건 카모시다 하지메처럼 뛰어난 작가이지 그 작가를 따라 하려던 게 아닌데, 왜 난 따라 하고 있었을까?"

chapter 2
방황

나는 그날 이후로 시우에게 매일 연락하였지만, 시우는 매일 연락을 무시하였다. 메신저까지 전부 차단을 한 듯하다. 나는 다시 글을 쓰기 시작하였지만 좋은 주제도 떠오르지도 않고 계속 쓰다 지우다만 반복하였다.

"민수 말이 맞았어. 내가 해봤자 뭐 되겠냐 그냥 예전처럼 애니메이션이나 게임이나 해야겠다."

나는 내가 글 쓰는 재주가 없다고 느껴 라이트 노벨 쓰는 것은 그만두기로 하였다. 나는 예전처럼 밥. 게임, 애니, 잠, 밥. 게임, 애니, 잠 이런 일상을 반복하였다. 오랜만에 게임을 하니 낯설었다. 그래도 게임 실력은 그대로였다. 게임을 하는데 게임 메시지로 누가 연락을 하였다. 누군지 보니 예전에 같이 대회를 나갔던 석권이 형이었다. 연락할 사람이 아닌데 연락이 와서 놀랐다.

"광수야, 오랜만이다. 잘 지내고 있니?"

"네. 잘 지내고 있어요. 무슨 일이에요?"

"다름이 아니라 예전에 우리 대회 나갔잖아. 다시 한번 나가려고 BLS 기억나지?"

갑자기 반가운 소식이었다. 할 것도 없었는데 재미있는 일이 생겼다.

"네, 당연하죠. 멤버도 예전이랑 똑같나요?"

"어. 성현이랑 너, 희철이는 된다고 했어. 근데 시우는 내가 연락처가 없네. 시우랑 연락되니?"

시우 얘기가 나와서 나는 깜짝 놀랐다.

"시우 요즘 게임 접었어요. 공부하던데요."

나는 시우랑 싸운 사실을 숨겼다. 당연히 내가 잘못한 일이니 숨기고 싶었다.

"그렇구나! 많이 아쉽네! 그럼 내가 내 친구 중이나 다른 사람 중에서 구하면 연락할게. 연습하고 있어."

"네."

그렇게 나는 대회 준비를 위해 밤새우면서 게임을 일주일 동안 했다. 그리고 그 다음 날 석권이 형에게 연락이 왔다.

"광수야, 대회는 두 주 뒤부터 시작할 거야 새로운 팀원은 한솔이라고 내 친구고 내일부터 스크림(scrim)** 잡았으니 시간 비워 둬."

"네, 알겠어요."

그렇게 우리는 스크림에서 모든 팀을 이겼고 엄청난 기대감을 안고 있었다.

우리는 스크림 성적은 대회에서도 그대로 이어졌다. 결국, 우승을 차지하였고 우리는 상금으로 회식하고 나머지는 n분의 1씩 나눠 갖기로 하였다. 회식 장소에 가니 석권이 형과 한솔이 형이 먼저 기다리고 있었다.

"광수야! 오랜만에 보네. 여기로 와."

"형! 오랜만이네요. 한솔이 형! 안녕하세요."

나랑 한솔이 형은 이번 대회로 처음 알게 된 사이라 실제로 보는건 처음이었다.

"광수야, 안녕. 대회 수고했어."

"형도 수고했어요."

이렇게 짧은 대화를 나누고 10분 뒤에 희철이 형과 성현이 형도

** 연습경기를 뜻하는 Scrimmage의 줄임말 Scrim

왔다.

"늦어서 죄송합니다."

"야, 권성현! 빨리 오라 했지."

석권이 형과 성현이 형은 게임 내에서도 자주 다투었는데 실제도 같았다.

"얘들아, 뭐 먹을래? 상금도 100만 원인데 비싼 거 먹자."

"네."

음식들이 나오고 대회 뒤풀이를 시작하였다.

"얘들아, 솔직히 이번에 너무 잘해 줘서 고맙다."

석권이 형이 갑자기 우리한테 매우 고맙다고 하여 나는 매우 놀랐다. 나는 석권이 형의 도움이 컸다고 생각했기 때문이다.

"아니에요. 형이 진짜 잘했죠."

나는 바로 형한테 형 덕분이라고 전했지만 석권이 형은 손사래를 치면서 계속 아니라고 했다. 그러자 성현이 형이 입을 열었다.

"솔직히 지하철이 못하긴 했지."

지하철은 석권이 형의 별명이다. 석권이 형이 사는 지역에는 지하철이 없어 서울에 갔을 때 지하철 타는 법을 몰라 우리한테 물었던 적이 있어 성현이 형이 지었다.

"야! 뭐라 했냐? 아니, 그건 상관없고 난 잘한 건 아닌데 적어도 너보단 잘했다."

석권이 형이 화를 내자 한솔이 형이 말리면서 다시 대화를 시작하였다.

"그런데 솔직히 광수랑 희철이가 잘했잖아."

"저도 잘했지만, 광수가 이번에 제일 잘했죠."

나는 형들이 계속 잘한다 해서 쑥스러웠지만 내심 기분은 매우 좋았다.

"아니에요. 전부 형들 덕분이에요."

"겸손하기는."

계속 대화를 하면서 이제 갈 시간이 되었다.

"자, 그럼 이제 가볼까?"

나는 이런 시간이 너무나도 즐거웠다. 형들과 같이 게임을 하며 대회에 나가고 이기고 웃고 이런 하나하나가 재미있었다. 라이트 노벨을 쓰는 것도 포기하고 시우와 사이도 틀어졌지만 내가 할 수 있는 걸 찾게 되었다. 내가 좋아하면서도 내가 잘하는 일은 바로 이것이라는 생각이 들었다. 그래서 나는 프로게이머를 하기로 마음을 먹었다.

나는 프로게이머가 되기 위해 계속 게임 연습을 하였지만 내 순위는 그대로였다. 그래도 나는 프로게이머가 하고 싶어 프로게이머 연습생을 지원하게 되었다. 하지만 프로게이머 연습생은 붙지 않았고 2부 리그도 떨어졌다. 나는 이해를 할 수 없었다. 내가 순위는 못 올렸어도 프로게이머와 같이 게임이 되는 실력인데 2부도 떨어지는 것을 이해할 수 없었다. 그런데 갑자기 석권이 형에게 연락이 왔다.

"광수야, 너 프로 할 생각 있지?"

갑작스러운 프로게이머 얘기에 나는 놀랐고 형도 프로게이머 준비를 하나 싶었다.

"네, 당연하죠. 연습생 지원했는데 다 떨어졌어요."

"그럼 나랑 같이 3부에서 시작할래?"

나는 적어도 2부에서 시작하고 싶은 생각이었지만 어쩔 수 없었다. 1, 2부 리그에서는 날 받아주질 않고 석권이 형과 같이할 수 있는 점 덕분에 나는 3부 리그에서 시작했다. 3부 리그에서는 전승 우승으로 2부 리그로 승급할 수 있는 기회를 얻었고 나는 기회를 바로 승리로 연결해 냈다. 2부 리그는 거의 프로 느낌이 났다. 예전에 1부였던 선수들이 실력이 떨어지며 2부로 오는 선수들도 있었다. 2부는 확실히 3부와 달리 많이 힘들었다. 그래도 팀 순위는 상위권에 있었으며, 결국 1부 리그 승강전까지 왔다. 하지만 결과는 승급을 못하고 우리 팀은 해체하기로 하였다. 그래도 나는 2부에서 꽤 좋은 성적에 2부 최우수선수까지 받아 1부 리그에서 무조건 오퍼가 올 것이다.

하지만 이적시장 때 나한테 오퍼는 하나도 오지 않았다.

chapter 3
'나'와 '우리'

나는 오퍼가 오지 않아 프로의 길은 접었다. 개인 방송이라도 시작하려 했지만, 인지도도 낮고 말하는 재주 따위는 없었다. 그렇게 나는 1년을 버리고 19살이 되었다. 입시에 신경 쓸 때가 되었다. 하지만 난 고등학교 3년 내내 공부하지도 않았다. 내신은 물론 모의고사 등급마저 6, 7등급만 있었다. 중간고사가 끝나고 나는 담임 선생님과 상담을 했다.

"광수야 너 진로는 어떡할 거니? 성적이 너무도 안 좋고 프로 생활도 계속 안 할 거라며."

"그냥 아르바이트하고 개인 방송 하면서 살려고요."

나는 그냥 대충 둘러댔다.

"흠. 알겠다. 광수야 꼭 잘 되어라."

담임 선생님은 할 말이 없는 듯 바로 상담을 끝냈다. 나는 수능을 말아먹은 채 학교를 졸업하고 예전처럼 애니, 게임, 잠을 반복하며 살았다. 20살이 되어서는 대학도 못 가서 부모님이 용돈도 끊어 라이트 노벨서점에서 아르바이트를 하기 시작하였다. 서점에서 일을 하니 라이트 노벨을 할인받을 수 있어 좋았고, 예전부터 늘 오던 서점이라 편하게 일을 할 수 있었다. 일하는 도중 카모시다 하지메의 작품이 보였다. 그 작품을 보면서 '예전에 저렇게 되려고 했지'란 생각이 들었다. 그런데 갑자기 2년 동안 연락도 안 하던 민수가 갑자기 연락이 왔다.

[야 오늘 저녁에 시간 되냐?]

[연락도 인 하더만 무슨 일인데]

[너랑 꼭 할 얘기가 있다]

[알겠다 어디서 만날 건데]

[네 집 앞에 OO 카페로 와라]

갑작스러운 만나자는 얘기에 나는 아르바이트를 마치자마자 약속 장소로 갔다.

카페로 가니 민수는 이미 있었다. 손을 흔들며 반기었다.

"무슨 일인데?"

"아니 너 어떻게 사는지 궁금해서 프로 생활하는 것까지 들었는데 그 이후로 어떻게 사는지 몰라서."

"프로 접고 지금은 그냥 아르바이트나 하고 있다."

"라이트 노벨 쓰는 것은 그만뒀냐?"

민수가 라이트 노벨 얘기를 꺼내서 나는 조금 기분이 나빴다. 자기가 처음에 까놓고는…….

"뭐? 라이트 노벨? 진작 그만뒀지. 네 말이 맞다는 것을 깨달았다."

"왜 그만뒀냐?"

"내가 글에는 재주가 없다는 것을 느꼈거든."

"역시 넌 그 정도밖에 안 되는구나!"

민수의 말이 맞는 것을 알지만 나를 깎아내리는 것에 화가 났다.

"그래서 뭐! 싸우자고 연락했냐?"

"아니, 아쉬워서 연락했다."

"뭐가 아쉬운데? 네가 처음부터 무시했었잖아."

"사실 난 네가 부러웠다."

갑자기 내가 부러웠다는 것에 나는 전혀 민수의 말을 이해 할 수 없었다.

"뭐가? 무시만 하고. 그 뒤로 연락하지도 않았던 놈이."

"난 너랑 다르게 사람들에게 오타쿠 생활을 숨기며 살았잖아. 그래서 너같이 당당하게 알리고 그렇게 시도하는 게 멋졌어. 네가 이렇게 쉽게 포기할 줄은 몰랐다."

나는 민수의 말을 듣고 너무 놀라 말도 못한 채 가만히 있었다.

"너, 시우랑은 왜 싸웠냐?"

민수가 나랑 시우의 일을 알고 있다는 사실에 나는 한 번 더 놀랐다.

"네가 그걸 어떻게 아냐."

"내가 시우랑도 연락 안 하고 살았겠냐?"

"시우가 무슨 말 하던데."

"시우가 니 얘기를 안 하길래 눈치 챘다. 넌 모르지 평소에 시우가 얼마나 니 얘기를 하는지."

"진짜냐?"

"그래. 시우는 거의 나랑 얘기할 때. 네 얘기만 하고 네 칭찬만 계속해."

나는 그 말을 듣고 눈물을 흘렸다.

"갑자기 왜 우냐?"

"야! 시우 연락처랑 어디 사는지 아냐?"

"자, 여기 줄게. 꼭 화해하고 와라."

나는 민수에 받은 연락처로 연락했지만 역시 연락을 받지 않아서 시우의 집으로 찾아갔다

초인종을 눌렀다.

"누구세요?"

"시우야, 나야. 정말 오랜만이다. 할 말이 있어서 왔어."

"나는 형이랑 할 얘기 없어 들어갈게."

"아니, 시우야! 제발 들어줘 조금만이라도. 드디어 알았다고!"

5분 동안 시우는 대답이 없다가 갑자기 나왔다.

"할 얘기가 뭔데? 빨리 말해."

나는 시우를 보자마자 눈물이 나왔다.

"갑자기 왜 울어?"

"시우야 미안해. 예전에 난 나밖에 생각 안 했어. 주위 사람 따위 전혀 생각하지 않았고. 너는 나를 위해서 한 말들이었는데 나는 화만 냈지. 미안해."

"형, 그걸 이제 알았어? 내가 얼마나 형을 좋아하고 존경했는데. 형이 글을 쓴다고 말했을 때 나는 기대하고 있었고, 내가 일러스트레이터를 하려고 했는데 형이 그렇게 나올 때 나는 형한테 많이 실망했지."

"미안해."

나는 미안하다는 말밖에 할 줄 몰랐다.

"형, 미안하다고 그만해. 지금부터 다시 좋게 지내면 되잖아? 미안하다는 말보다 고맙다는 말이 배로 좋잖아? 형이 했던 말이야."

"시우야, 나 다시 할 수 있을까?"

"응. 형은 무조건 할 수 있어. 형 이제 '나'가 아니라 '우리'야. 형, 우리 같이하자. 좋지?"

"그래 우리 잘해 보자."

chapter 4

소재 찾기

우리는 화해한 뒤 콤비를 맺었다. 나는 다시 라이트 노벨을 쓰기 시작하였다. 지금은 유행이 지났지만 예전에 접었던 학원물로 하기로 했다. 지금의 라이트 노벨은 거의 이세계물로 양산형이 많아 라이트 노벨의 위상은 계속 떨어지고 있었다. 그래서 나는 다시 라이트 노벨의 위상을 올리기 위해 카모시다 하지메 같지만 다른, 나 자신의 글을 쓰기로 했다. 나는 그래서 소재를 모으기 위해 학원물의 이벤트 체험을 하기 시작했다. 먼저 시우와 함께 아쿠아리움에 가기로 하였다. 아쿠아리움을 가서 많은 물고기를 보니 신기하고 재미있었다. 또 남자 주인공이 소개해 주면서 여자 주인공에게 점수를 따는 장면이 떠오르기도 하였다. 시우는 계속 재미 없다며 가고 싶어 했지만 나는 조금만 참아달라고 하였다.

"조금만 참아줘. 너도 사진이나 찍고 그림에 참고해."

"예, 알겠습니다."

시우는 포기한 듯이 대답을 하였다. 하지만 두 시간이 지나자 시우는 못 참고 집에 돌아갔다. 나는 계속 돌아보며 소재를 찾아다녔다.

"드디어 찾았다."

나는 기뻐하며 소리를 질렀다. 그러자 아쿠아리움에 있던 모든 사람이 쳐다봐 나는 부끄러워 바로 나왔다.

그렇게 나는 아쿠아리움에서 돌아와서 모은 소재들을 정리하였다. 다음에 갈 곳은 놀이공원이다. 놀이공원은 커플끼리 자주 가는 곳이며 특히 라이트 노벨에서는 거의 단골 소재이다. 나는 저번처럼 시우가 지겨워 할까 봐 혼자 갔다. 그런데 도착하고 보니 나는 중요한 사실을 잊고 있었다. 나는 놀이기구를 하나도 못 탄다는 것이다.

"여기서 돌아갈 수 없으니 사진이라도 찍고 가자."

사진을 찍고 있는데 관람차가 보였다. 관람차는 2명만 함께인 공간으로 언제든지 고백이 일어날 수 있는 중요한 장소이다. 나는 무서웠지만 꾹 참고 관람차는 탔다. 느낌은 최악이지만 어느 정도는 알 것 같다. 자료를 다 모아서 집에 가려는 순간 재미있는 소재를 발견했다.

Chapter 5
작가

그렇게 나는 모든 소재를 수집하고 글을 쓰기 시작했다.

* * *

시놉시스 : 학교에서 누구나 아는 남녀. 둘은 인기도 많았지만 그
렇기에 같은 성별 친구들은 질투심이 많아 진심으로
된 친구가 없었다. 그런 둘은 공통점을 알게 되어 점점
친해져 갔다.

남자 주인공 : 외모는 훈훈하지만 나머지 모든 것은 평범. 겁이 많다

여자 주인공 : 미인. 나머지 모든 것은 평범. 겁이 많다

남자1 : 남자 주인공과 친한 척을 한다.

남자2 : 여자 주인공을 좋아해 남자 주인공에 대한 안 좋은 감정
을 가지고 있음.

이런 주제로 나는 글을 쓰기 시작했다. 나는 타이틀을 정하자마자 시우에게 보여줬다.

"형. 이번에는 형만의 글이구나."

"그래."

나는 자신 있는 웃음으로 대답했다. 그리고 나는 3개월 동안 글만 썼다. 그 결과 열네 권 시리즈를 완성했다. 나는 다 쓴 글로 라이트 노벨 대회에 지원하게 되었다.

이 대회에서 우승하게 되면 대회를 개최한 계절문고에서 출판할 수 있다. 대회는 총 20개 작품이 나왔고 그 중에는 아마추어 사이에서 유명한 후미아키 작가가 있었다. 역시 그의 작품은 인기가 많았고 득표수도 1등이었다. 하지만 내 작품도 바로 그 뒤를 쫓았다. 사람들은 처음 보는 작가가 높은 순위에 있기에 의아했다. 인터넷 평판에서는 내 글이 더욱 인기 많았고 결승은 인터넷 투표도 포함되기 때문에 나는 약간 기대하고 있었다. 3일이 지나고, 발표하는 날이 되었다. 먼저 현장 투표 먼저 발표했다.

"계절 라이트 노벨 대회 현지 투표 1위는 후미아키의 '완벽한 히

로인'입니다."

역시 후미아키의 작품은 이기기 힘든 것인가 하지만 인터넷 투표도 남아 있다.

"그럼, 인터넷 투표를 합친 결과를 발표하겠습니다……."

"축하합니다! 1위 작품은 모두의 예상을 깨고 무명작가 팡수와 시우의 '이어짐은 사랑'이 수상하게 되었습니다."

나는 믿을 수 없었다. 내가 후미아키를 이기고 데뷔를 하게 되다니 말도 안 되었다.

"우승자 팡수에게는 데뷔의 기회가 주어집니다."

시우는 바로 나한테 와서 껴안았다.

"시우야! 숨 막혀! 하지 마."

"형! 우리 데뷔하는 거야?"

시우의 눈가에는 눈물이 맺혔다.

"왜 울어?"

"형이랑 같이 데뷔하는 게 매우 기뻐서."

그렇게 나도 같이 울었다

"팡수님 맞으시죠?"

갑자기 모르는 사람이 말을 걸었다.

"저는 판타지아 문고 편집자 호타로입니다."

순간 나는 잘못 들은 줄 알았다. 왜냐하면 판타지아 문고는 라이트 노벨 최고의 출판사이며 호타로 씨는 하지메 씨의 편집자였기 때문이다.

"판타지아 문고 편집자님이 저에게 무슨 일로……?"

"당신과 함께 일하고 싶습니다. 물론 옆에 있는 일러스트분도."

"네?"

"당신은 글에 엄청난 재능을 가졌습니다. 마치 5년 전의 하지메 씨의 청춘 돼지 시리즈를 볼 때 느낌이었습니다. 같이 하실 생각 없으신가요?"

"당연히 있죠. 물론입니다!!! 시우야, 너도 할 거지?"

"당연하지. 형!"

"그럼 연락처를 알려주시면 연락드리겠습니다."

나는 호타로 씨에게 연락처를 알려주고 호타로 씨는 돌아갔다. 나는 아직도 이 상황이 믿기지 않았다.

"시우야, 이거 현실 맞지?"

"몰라. 나도 모르겠어."

"우리 서로 얼굴 꼬집어보자."

"아!"

동시에 우리는 아파하는 소리를 질렀다.

"진짜인가 보네."

우리는 소리를 지르며 기뻐했다.

우리는 사흘 뒤에 호타로 씨에게 연락을 받았고 판타지아 문고 회사로 갔다. 로비에 도착하니 호타로 씨가 마중을 나와 있었다.

"반갑습니다. 광수 씨, 시우 씨."

밝은 얼굴로 인사하며 우리를 안내했다. 우리는 올라가자마자 바로 계약서를 받았다. 우리는 바로 계약을 하였고 '이어짐은 사랑' 정식 출판에 관해 이야기를 하였다.

"자, 그럼 '이어짐은 사랑'은 바로 출판하기로 하고 그 뒤에 작품을 만들까요?"

"네? 너무 이른 거 아닌가요. 저희는 아직 데뷔한 것도 안 믿기는데."

"그러실 수 있죠. 하지만 당신의 작품은 5년 전의 하지메 씨와 비슷하지만 다른 글이에요. 이런 작품을 늦게 내서 좋은 점은 전혀 없습니다."

"그런가요? 시우야, 네 생각은 어때?"

"나도 호타로 씨 말이 맞다고 생각해 나는 빨리 정식 데뷔하고 싶은 마음이 커."

호타리 씨 말을 계속 들으니 설득이 되었고 시우도 빨리 출판하고 싶은 것 같아 출판하기로 하였다.

"자, 그럼 1월 10일부터 두 주 간격으로 한 권씩 출판될 것입니다."

"네."

나는 이제서야 정식으로 데뷔한 느낌이 들었다. 그리고 나는 정식 데뷔 파티를 시우와 소소하게 했다. 그리고 10일이 되어 '이어짐은 사랑 1권'이 출시되었다. 나는 매우 떨렸다. 얼마나 팔릴까 안 팔리면 어떡하지 라는 걱정을 하면서 있었다. 하지만 이것은 쓸데없는 걱정이었다. 하루 만에 모든 서점에 나간 책이 다 팔렸고 인터넷에서도 주문 폭주로 주문을 막았다. 평판도 아주 좋았다.

[뭐야? 이 작품은 5년 동안 잃었던 허브코미디 학원물의 등장이다……]

[카모시다 하지메가 다시 돌아왔나?]

[뭔가 흔하면서 흔하지 않은 작품이다.]

이런 평판들과 인기로 나는 1월부터 '이 라이트 노벨이 대단하다' 2025년 부분 1위를 계속 차지했다. 그 중에도 5권과 12권은 큰 인기였다. 역시 아쿠아리움과 놀이공원 이벤트가 흔한 소재지만 전혀 다르게 접근한 나의 해석이 통했다. 아쿠아리움에서는 보통 남녀 주인공이 같이 관람을 하며 히로인이 관심이 있어 하는 부분을 남자 주인공이 설명해 주며 호감을 쌓는 것이 대부분이다. 하지만 난 전혀 다르게 물고기들이 사이좋게 지내는 모습에서 남자 주인공이 '우리도 저렇게 될 수가 있을까'라고 하며 히로인의 마음을 공략을 시작한 것이 독자들에게 통했다.

놀이공원 이벤트에서 '이어짐은 사랑'은 최고의 인기를 찍게 된다. 보통은 놀이공원에서는 남자 주인공이 히로인을 끌고 가며 호감을 얻지만 내 소설 속 겁이 많은 남자 주인공과 히로인이 서로 의지하면서 호감을 쌓아가는 장면이 독자들에게 큰 인기를 누리게 되었다. 마지막 관람차에서는 역시 고백이 정답이었다. 이렇게 나는 큰 인기를 누리고 있었다. 이제 나는 한 걸음만 남았다. 카모시다 하지메가 받았던 대상을 받는 것이고 나는 시상식을 기다리고 있었다.

에필로그

"2025년 라이트 노벨 1위를 발표하겠습니! 1월부터 갑자기 급부상한 팡수의 '이어짐은 사랑'입니다! 팡수 씨, 소감 한 마디 해주시죠!"

"무명작가였던 제가 이 자리에 온 것이 매우 기쁩니다. 만약 시우가 없었더라면 이런 기회는 없었겠죠. 시우는 저한테 희망을 준 사람입니다. 시우에게 가장 큰 감사를 전합니다. 또 제 작품을 사랑해주신 독자분들 감사합니다!"

"팡수 씨! 라이트 노벨 꿈나무에게 한 마디만 해주시죠."

"저는 예전부터 꼭 하고 싶었던 말이 있습니다. 드디어 하게 되네요. 라이트 노벨 작가를 꿈꾸고 있는 분들, 열심히 하세요! 꼭 좋은 작가가 될 수 있을 겁니다. 5년 전의 카모시다 하지메 씨가 한 이 말을 듣고 저도 라이트 노벨을 쓰기 시작했습니다. 여러분들도 할 수 있습니다! 재능? 그런 게 아닙니다. 무조건 열심히 하면 정답을 찾을 수 있습니다!"

안개꽃

김영경

♪ 누구인가? 누가 기침 소리를 내었어-?

거리에 하얀 눈이 소복이 쌓인 1월, 서울의 한 주택에서 경쾌한 알람 소리가 울렸다. 이불 속에 꽁꽁 숨어 있던 한 여자가 나왔다. 그녀의 이름은 진이연. 그녀는 21세로 역사문화학과에 다니고 있다.

경쾌한 알람 소리와 함께 커다란 창문으로 스며든 따사로운 햇살이 꼭 감고 있던 내 두 눈을 깨웠다. 오른팔을 위로 쭉 뻗어 머리맡

에 뒤집혀 있는 핸드폰을 손가락의 감각으로 주섬주섬 집어 알람을
껐다. 9시간 동안 수면 상태였던 터라 무거워진 내 몸을 겨우 일으킨
뒤 감긴 눈 그대로 TV를 켰다. 역사 채널.

[나레이션] 조선, 희대의 악녀 장옥정과 겨룬 인현왕후의 이야기.

"인현왕후라……."
인현왕후를 주제로 다룬 내용이었다. 인현왕후의 생애부터 중전의
자리에 오르고, 폐위되고, 다시 복위되고 병사로 죽음에 이른 그 순간
까지. 이 이야기는 해가 중천에 뜰 때까지 약 두 시간 동안 계속되었
다. 마침 학과에서도 마지막 과제를 앞두고 있었다. 내가 택한 과제는
인현왕후 이야기. 기왕 이렇게 된 거 직접 인현왕후를 만나러 가려 한
다. 어떻게 만나냐고? 다 방법이 있다. 경기도 고양시에 위치한 서오
릉. 그곳에 숙종 대왕 옆에 인현왕후가 잠들어 있다. 이 두 사람뿐만
아니라 숙종 시대를 뒤흔들었던 희빈 장씨 또한 그곳에 잠들어있다.

식탁 가장자리에 놓인 시계의 시간을 보니 10시였다. 탐방에 필요
한 준비물을 이것저것 챙겼다.
"아, 놓고 갈 뻔했네."
TV 옆에 놓인 작은 복주머니를 허리춤에 달았다. 그리고 이어폰을
꼈다. 오늘의 선곡은 드라마 동이 OST 모음곡. 내 주위의 소리는 장
나라의 목소리로 가득 울려 퍼졌다.
♪ 저 하늘 위 눈물로 그린 바람의 속삭임…….

버스를 타고 음악에 맞추어 리듬을 탔다. 창문 너머로 높은 산들이 나를 반겨주는 듯 하늘 가까이 솟아 있고 푸르고 청아한 하천이 길게 뻗어 있었다. 그렇게 자연의 풍경을 느끼고 마시는 동안 나는 어느새 서오릉 입구에 도착해 있었다. 가방에서 작은 수첩과 볼펜을 꺼내 양손에 들었다.

초록빛의 풀들 위에 하얀 눈이 소복이 쌓인 서오릉의 전경이 나를 맞이했다. 들어가자마자 보이는 왕릉은 명릉. 숙종과 그의 계비 인현왕후의 쌍릉과 인원왕후의 능이었다. 목에 걸린 카메라를 들어 명릉의 모습을 카메라에 담았다. 한참을 능을 바라보다 명릉 앞에 있는 십자각 앞으로 걸어갔다. 꽤나 많은 생각이 들었다.

'인현왕후……, 어떤 사람일까?'

'인현왕후는 아무렇지 않게 희빈 장씨를 받아들였을까?'

생각을 막 정리하려던 찰나, 갑자기 머리가 아파 왔다. 앞에 있는 왕릉이 춤을 추고 넓게 퍼져 있던 나무들은 하나가 되어 숲을 만들고 있었다. 온몸에 힘이 들어가지 않았고 머리의 통증은 더욱 거세졌다. 앞으로 넘어지려는 순간 십자각의 틀을 겨우 잡고 사람이 오지 않을 것 같은 곳에 조심히 몸을 옮겼다. 숨이 점점 가빠왔다.
"왜 이러지……?"
모르겠다. 한번도 이런 적은 없었는데. 내 오른손 주위에서 안개가 올라오고 있었다. 왼손도 마찬가지.

"이게 뭐야……."

안개를 만지려던 그 순간 안개는 더욱 거대해져 내 주위를 감쌌고 동시에 눈앞이 흐려지며 정신을 잃고 말았다.

* * *

"이보게. 정신이 드는가?"

누군가의 목소리가 들린다. 내 의식이 돌아오는 것이 느껴졌다. 얕게 뱉었던 숨을 크게 내쉬었다. 그리고 천천히 눈을 떴다. 가운데가 움푹 솟아 있는 천장이 가장 먼저 보였다. 삼나무의 은은한 향이 방을 가득 채우고 있는 것 같았다.

"이보게."

처음 들었던 그 목소리를 향해 고개를 돌렸다. 머리는 족두리를 틀고 있었고 새하얀 소복을 입고 앉아 있었다. 어찌 됐든 병원이 아니라 누군가의 집에서 신세를 지고 있다는 것을 깨달았다. 몸을 일으키려니 힘이 부치는 것인지 도저히 혼자 일어날 수가 없었다. 그때 족두리를 튼 여자가 나를 부축해 주었다.

"감사합니다."

"아니네. 닷새 동안 누워 있기만 하기에 행여나 죽는 것은 아닐까 걱정했다네."

"닷새요……?"

닷새면 5일이다. 평범한 일상 속에서는 들어보지 못한 말투며 족두리를 튼 머리.

"근데 누구세요……?"

"폐위된 중전마마를 뫼시는 지밀상궁이네. 김상궁이라 부르면 되네."

"지밀상궁이시라구요?"

지밀상궁? 의식이 돌아왔을 때 맡았던 삼나무의 은은한 향과 그녀의 옷차림, 모든 게 과거로 온 듯했다. 설마…….

"조선, 조선이에요?"

"그렇네."

대체 어떻게, 내가 왜 이곳에 오게 된 걸까?

"조금 쉬시게나. 방금 의식을 찾았으니 많이 어지러울 걸세. 속이 편해지면 자네 앞에 있는 그 옷을 입고 건넛방으로 오시게. 그 옷은 눈에 너무 잘 띄어."

"아, 네."

그녀는 자리에서 일어나 밖으로 나갔다. 문이 닫히는 소리와 함께 나는 주변을 둘러보았다. 내 옆에는 나무로 만들어진 갈색 수납장 사이에 붓과 먹이 놓여 있었고 바닥에는 황토색 장판이 깔려 있었다.

"진짜 내가 조선으로 온 거야."

이것저것 생각하니 머리가 지끈했다. 생각을 정리할 겸 한참 동안 그 자리에 앉아 있었다. 이윽고 내 다리에 놓인 이불을 옆에 두고 상궁이 놓고 간 한복으로 갈아입었다. 나는 숨을 크게 고른 뒤, 철로 만들어진 동그란 문고리를 잡고 문을 열었다. 눈앞에는 마당에 쌓인 눈을 치우고 있는 한 시녀가 보였고 그옆에는 작은 텃밭과 몇 개의 작은 항아리가 있었다.

"이쪽으로 오게."

조금 전 함께 있던 상궁이 건넛방으로 안내했다.

"중전마마가 계시네. 마마께서 자네를 보고 싶어 한다네. 자네가 깰 때까지 기다렸어."

상궁은 굳게 닫힌 방문을 활짝 열어주었다. 이제 이 문을 넘으면 조선의 국모를 만나는 것이다. 두근거리기도 걱정되기도 하였다. 침을 꿀꺽 삼킨 뒤 조심스럽게 안으로 들어갔다. 어떻게 행동을 해야 할지도 어떻게 말을 해야 할지도 몰랐다.

"이리 앉게."

앞에 앉아 있는 중전의 목소리는 아주 고왔다. 목소리를 들으니 더욱 몸이 떨려왔다.

"괜찮으니 앉게나."

나는 천천히 앞으로 다가가 두 무릎을 꿇고 앉았다.

"고개를 들어보겠는가? 자네의 얼굴이 보고 싶군."

무겁게 땅만 바라보고 있는 내 목을 힘들게 끌어올렸다. 그리고 그녀와 눈이 마주쳤다. 그 순간 내 몸은 마치 딱딱한 바위와 같이 경직되었다.

"편히 대해도 괜찮으니 긴장하지 말게. 자네, 이름이 무엇인가?"

"진······이연이라 합니다."

"그렇군."

"저, 하나 여쭈고 싶은 것이 있습니다."

"말해 보게."

"혹 선왕이 뉘신지 알 수 있을까요?"

"현종대왕이시네."

현종. 선왕이 현종이라면 지금 이 나라의 군주는 숙종이다. 그리고 그 당시 폐위된 중전이라면 오직 인현왕후뿐이다. 역사의 한 자리인 환국의 주인공을 실제로 마주하고 있다는 것은 도저히 믿기 힘들었다.

"자네를 처음 발견한 건 이곳 대문 앞이었네. 하얀 안개가 사라지고 그 자리에 자네가 쓰러져 있었지. 자네가 평범한 사람은 아닌 듯싶었고, 그대로 두었다간 포도청에 끌려가거나 그 자리에서 얼어 죽지 않을까 싶어 이곳으로 바로 데려왔네."

"아……."

"너무 걱정하지 말게. 이곳은 안전하니."

＊ ＊ ＊

조선에 온 지 어느덧 일주일이 되었다. 아직도 모든 게 어색하지만 조금씩 조선의 삶에 익숙해지는 중이다. 인현왕후와도 거리가 가까워졌다.

"이연."

"네, 마마."

"잠시 걷지 않겠는가?"

인현왕후는 나를 데리고 사가 근처에 있는 한 언덕에 올라갔다. 언덕에는 커다란 동백나무가 자리하고 있었다. 그 옆에는 보랏빛을 띠는 안개꽃이 가득했다. 그녀는 동백나무 아래에 앉더니 나를 쳐다보았다.

"옆에 앉게."

나는 중전이 뻗은 손을 잡아 중전의 옆에 앉았다.

"난 가끔 마음이 공허할 때면 이곳에 온다네. 이곳에 오면 답답한 마음이 가라앉아. 그리고 이곳은 한양에서 유일하게 동백나무가 피는 곳이거든. 옆에 보이는 이 안개꽃도 너무 아름답지 않은가?"

"네. 마마처럼 정말 아름다워요."

"이곳에 오며 자네가 말했었지. 자네는 먼 훗날의 세상에서 왔다고. 그곳은 어떠한가?"

"제가 사는 곳에는 왕이 없습니다. 그래서 마마처럼 누군가 내쳐지는 사람이 없어요."

"왕이 없다고?"

"네. 왕 대신 대통령이 있습니다. 대한민국. 그것이 먼 훗날의 국호이지요. 백성이 아니라 국민으로 불리며 그 국민이 나라의 대통령을 선출합니다."

"신기하군. 왕이 없다니."

"그리고 여인도 무예를 마음껏 펼칠 수도 있습니다. 실과 바늘만 하는 것이 아니라 원한다면 그게 무엇이 되었든 자유롭게 할 수 있죠."

"사내와 여인의 차별이 없는 것이군. 만약 지금이 그 세상이라면 나와 희빈이 싸울 필요도 없었겠군. 그럼 좋은 관계가 될 수 있었을 텐데 말이야. 전하께서도 그리 아파하지 않으셨을 텐데."

"전하가 그리우십니까?"

"그립긴 하다만 어찌하겠는가. 나는 아이를 가질 수 없는 몸이네. 해서 전하께 큰 죄를 지었지. 궐로 돌아갈 수만 있다면, 전하를 딱 한 번만이라도 다시 뵐 수 있다면 죽어도 여한이 없네."

"마마."

"내가 궐에 있을 당시 희빈이 미웠네. 전하의 사랑을 독차지하고 권력에 욕심이 많았으니까. 궐 밖에서 들려오는 소문에 의하면 희빈이 중전의 자리에 오를 거라고 하더군. 전하께서는 희빈을 진심으로 연모하는 게야."

"전하께서는 분명 마마를 생각하고 있으실 겁니다."

"그래도 난 투기(질투)를 하지 않았네. 전하의 마음이 그러시다면 곧 내 마음도 그러하니까. 한번은 희빈을 내 처소로 데려와 회초리를 들어 종아리를 때렸네. 내명부의 윗전으로서 바르게 해야 할 것을 알려주었지. 그리해서는 안 된다는 것을 알면서도 그리했네. 남들은 내가 힘없는 중전이라고 생각했네. 정말 그 말이 틀리지 않았어. 난 아무 힘없는 중전이었네. 중전의 자리를 지키지도 못했고, 난 모든 면에서 약한 사람이니까."

교수님께서 말씀하셨다. 인현왕후는 드라마에 나오는 것처럼 당하지만은 않았다고. 드라마는 드라마일 뿐 그게 진실이라고 생각하지 말라고 하셨다. 인현왕후는 내가 생각했던 것보다 훨씬 성품이 온화했고 착했고 남을 먼저 생각하는 그런 사람이었다.

"힘이 없는 것이 아니에요. 그저 남인의 힘이 강했던 것뿐입니다. 기사환국, 그것은 주상전하의 왕권 강화를 위해 했던 일입니다. 왕권 강화를 위해서는 마마가 필요했으니까요."

"이연……."

"이 자색을 띠는 안개꽃의 꽃말이 아세요? 깨끗한 마음입니다. 성품이 온화하고 깨끗한 마음을 지닌 마마께서 이곳을 자주 다니셨으니 이곳에 본래 없던 이 꽃도 생긴 겁니다."

"자네를 이레(7일) 동안 보아왔지. 그동안 자네를 보아오면서 자네는 영특하다고 생각했어. 내 곁에 오래 두고 싶을 만큼 말이야."

"마마."

"이연. 자네는 희빈을 어찌 생각하는가? 자네 또한 희빈이 나쁘다고 생각하는가?"

장희빈. 희빈 장씨는 대한민국에서 희대의 악녀로 불린다. 중전이 되기 위해서라면 무슨 일이든지 서슴지 않고 일을 행하며 자기 자신을 희생하면서까지 권력을 쥐려 했다고 알려져 있다.

"나쁘지 않다고 하면 거짓이겠죠. 그러나 희빈께서도 그리한 이유가 분명히 있을 거예요. 자리를 지키기 위해서는 누군가를 이용해야 했고 권력을 쥐기 위해서는 누군가를 버려야 했으니까요."

인현왕후는 작게나마 미소를 지었다.

"희빈을 다시 궐로 부른 건 나였네. 희빈이 궁인이었을 때 대비마마로 인해 희빈이 쫓겨났지. 대비께서는 서인, 희빈은 남인이었으니까. 대비께서는 희빈의 성품이 독하다고 생각했네. 허나 난 그리 생각하지 않았어. 희빈은 무척 영특했네. 조금은 사나운 면도 있지만 따뜻한 면도 있었어. 그걸 넘어선 건 너무나 아쉽긴 하지만."

"희빈마마를 다시 부른 걸 후회하지는 않으셨어요?"

"후회…… 후회라기보단 희빈이 부러웠네. 희빈의 당당함. 그 당당함이 너무 부러웠어. 무슨 일이든 먼저 나섰지. 내가 아까 희빈이 미웠었다고 했지? 지금도 조금은 그렇네. 권력을 위해서 꼭 나를 이용했어야 했나. 희빈의 안위를 위험하게 한 것은 내가 아니었네. 희빈의 아이, 원자의 안위를 위해 나는 중전의 자리에서 내려와야 했네."

"하지만 원자마마는 희빈마마의 소생이 아닙니까?"

"희빈의 소생이기 이전에 이 나라의 왕자이네. 왕자는 내 소생이기도 하지."

"마마의 억울함을 풀고 복위를 하는 것은 안 되는 겁니까?"

"내 억울함을 풀 명분이 없어. 만에 하나 명분이 있더라도 난 여기 있을 것이네."

"어째서요?"

"난 죄인이니까. 전하에게 큰 죄를 지었으니까."

왕가에서 사내아이를 낳지 못한다면 대역죄와 마찬가지라고 생각한다. 그 이유 때문에 인현왕후는 자신이 대역죄인이라고 여기는 듯했다.

밤하늘의 별이 아름답게 빛나고 있다. 이곳에 함께 온 내 책가방을 들고 동백나무 아래로 향했다. 밤공기를 마시며 천천히 언덕을 올랐다. 주변이 어두워 앞이 잘 보이진 않았지만 마치 하늘과 손잡을 듯이 높게 자라 달빛에 비춰 밝게 빛나는 동백나무를 금방 찾을 수 있었다. 나는 동백나무 아래에 앉아 책가방에서 수첩과 볼펜을 꺼냈다.

『1691년 2월 20일. 조선에 온 지 한 달이 되었다. 나는 조선에 천천히 익숙해지고 있다. 그동안 나는 인현왕후의 몰랐던 사가 생활도 알게 되었고 숙종과 인현왕후, 둘 다 서로를 그리워하고 있다는 것도 알게 되었다. 근데 조금은 나도……. 』

"자네도 그리워하는군."

인현왕후의 목소리다.

"자네의 세상을 그리워하는 게지?"

"마마……."

"숨기지 않아도 되네. 그 마음을 아주 잘 알거든. 공허한 마음이 들게야. 자네가 이곳에 온 것이 아마도 나 때문이라고 했지? 나에 대해 알아야 할 것이 있다고 말이야. 이제 돌아가 보아도 되네. 근 한 달간 난 자네 덕에 웃음이 끊이질 않았어. 나도 자네에게서 얻은 것이 많다네. 내 자네를 잊지 못할 것이야."

"하지만 저는…… 다시 못 올 겁니다."

"난 자네를 다시 볼 순 없겠지만 자네는 날 볼 수 있지 않겠나? 내 소식을 전할 방법을 남겨두겠네. 내가 그리울 때면 먼 훗날에도 이 동백나무가 있다면 그곳에 가보게."

"마마."

"역시 이 방법이 맞는 듯싶군."

"네?"

내 주위를 보니 이곳에 처음 왔을 때처럼 하얀 안개가 둘러싸고 있었다.

"조심히 돌아가게나. 내 자네를 잊지 않을 터이니 걱정은 말게."

인현왕후는 환한 미소를 지어 보였다.

"아, 이걸 잊을 뻔했군. 가져가게. 내가 자네에게 주는 선물일세."

인현왕후는 안개꽃이 그려진 노리개를 내게 주었다. 안개꽃은 분홍색을 띠고 있다.

"분홍빛을 띠는 안개꽃은 기쁨의 순간이라는 꽃말을 가지고 있네.
자네를 본 그 순간 모두가 기뻤어."

"마마 덕에 저도 많은 걸 알고 갑니다. 꼭 다시 만나면 좋겠네요."

이 말과 동시에 하얀 안개가 내 주변 시야를 모두 에워쌌다.

* * *

"저기요! 괜찮으세요?"

누군가의 목소리에 나는 눈을 떴다. 서오릉이었다. 조선으로 가기
전 그 순간으로 돌아왔다.

"정신이 드세요?"

"네, 감사합니……."

내 손을 잡아 날 일으켜주는 사람의 얼굴을 보았다.

김상궁.

"저는 서오릉의 관리자예요. 지나가다 우연히 당신을 봤어요. 큰일 날 뻔했네요. 보아하니 학생 같은데 얼른 집에 가서 쉬어요."

조선의 김상궁과 똑같은 얼굴이었다. 김상궁은 이곳에서도 인현왕후의 곁을 지키고 있었다. 왜인지는 모르겠지만 어딘가 뿌듯했다.

"저기……."

한 여자가 나를 불렀다.

"이걸 떨어뜨리셨는데."

인현왕후가 준 노리개였다.

"감사합니다. 저한텐 소중한 물건인데."

"분홍색 안개꽃이네요. 기쁨의 순간……. 분홍 안개꽃은 기쁨의 순간을 뜻한다죠?"

설마 하는 마음에 노리개를 주워준 사람의 얼굴을 보았다. 역시 인현왕후와 얼굴이 아주 똑같았다. 말하는 것도, 목소리도.

"이런 말이 있어요. 인현왕후가 사가에 지내던 시절, 사가 뒤 언덕이 하나 있었는데 그곳에도 자색 안개꽃이 피었다고 해요. 여기도 자색 안개꽃이 피어 있어요. 자색 안개꽃은 깨끗한 마음을 뜻하죠. 어쩌면 저기 잠들어 있는 인현왕후의 성품을 말하는 게 아닐까요?"

소름이 돋았다. 마치 과거를 아는 것처럼. 인현왕후가 환생한 모습을 보는 것 같아 신기했다.

"그럼 조심히 들어가세요."

그녀는 인사를 한 뒤 이곳을 떠났다. 세상은 참 좁은 것 같다.

＊ ＊ ＊

"진이연 선배님!"

조선에서 돌아온 지 10년. 난 대학교를 졸업하고 역사유물을 조사하는 문화재 조사원이 되었다. 주로 조선의 유물을 조사하는 데 이번에는 숙종 때로 추정되는 유물이 발견되었다.

"응, 왜?"

"여기 한자 하나가 보여요."

"한자?"

"이 자체는 노리개처럼 보이는데 여기 이 문양 뒤에 연꽃 연 한자가 쓰여 있는 것 같아요."

후배 말대로 이 유물은 노리개였고 한자는 연꽃 연이 쓰여 있었다. 근데 어딘가 익숙했다.

"선배님. 선배님 집에도 노리개 하나 있지 않으세요? 저번에 본 것 같은데. 그러고 보니 생긴 것도 비슷한데요?"

정말이었다. 내 것과 거의 일치했다. 자세히 보니 이 문양도 안개꽃인 듯싶었다.

"오늘은 일찍 퇴근해야겠다. 너도 이만 퇴근해."

나는 유물의 앞뒷면을 핸드폰 카메라로 찍은 뒤 곧바로 집으로 갔다. 신발을 대충 벗어두고 유리함에 담아두었던 노리개를 꺼냈다. 긴장되는 마음과 파르르 떨리는 손으로 노리개를 뒤집었다.

[珆蓮]

이연. 내 이름이다. 유물과 같은 한자다. 인현왕후가 내게 소식을 남긴 것일까?

"중전마마."

5년 전에 서울에서 유일하게 자라는 동백나무 한 곳을 찾았다. 그날 나는 두근거리는 심장을 붙잡고 그곳으로 향했다. 버스를 타고 내려 도착한 곳에는 풀이 무성하게 자라 있었고 커다란 나무가 가득했다. 정류장 뒤편에는 한 언덕이 있었다. 그 언덕길은 조선에 있던 그 언덕의 느낌과 같았다. 밤이 되면 커다란 동백나무가 밝게 보였던 그 언덕.

그때의 동백나무는 2m 정도의 크기였는데 오늘 본 동백나무는 어느새 5m를 훌쩍 넘어 아주 거대했고 울창했다.

"얼마 안 지났는데 벌써 이만큼 자랐네."

동백나무 옆에는 자색 안개꽃이 모여 꽃밭을 만들고 있었다.

"안개꽃은 분명 없었는데……?"

그때 생각났다. 내가 떠나며 인현왕후가 했던 말을.

"난 자네를 다시 볼 순 없겠지만 자네는 날 볼 수 있지 않겠나? 내 소식을 전할 방법을 남겨두겠네. 내가 그리울 때면, 먼 훗날에도 이 동백나무가 있다면 그곳에 가보게."

설마 하는 마음으로 안개꽃에 가까이 갔다. 안개꽃 사이에 주변 흙과는 다른 종류의 흙이 덮여져 있었다. 나는 곧바로 그 흙을 오른손으로 걷어내 보았다. 어젯밤 비가 와서 그런지 한 손으로는 잘 파지지 않아 두 손으로 파보았다. 내 팔의 반이 들어갈 정도의 깊이만큼 팠을 때 작은 통이 보였다. 나는 그 통을 바로 꺼내어 동백나무 아래에 앉았다. 그리고 천천히 뚜껑을 열어보았다.

"편지인가……."

통 안에서 꺼낸 종이는 오래되어 색이 변했을 뿐 보존상태가 상당히 좋았다.

『이연. 잘 돌아갔는가? 이 글을 본다면 동백나무가 아직 있다는 것이겠군. 자네 말대로 나는 오늘 복위되었다네. 궐에 돌아오니 자네가 생각나 이렇게 글을 쓰네. 자네가 내 곁에 없으니 조금은 허전하군. 며칠 전, 동백나무에 갔었네. 그곳에 앉으니 자네와 함께 담소를 나눴던 일들이 생각나고 자네와 언덕을 내려가며 했던 일들이 생각나더군. 자네가 그곳에 돌아간 후 얼마 지나지 않아 전하의 서찰이 왔지. 전하께서도 나를 그리워하셨네. 자네 말처럼 나만 아파한 게 아니야. 생각해 보면 내가 자네에게 준 것보다 자네가 내게 훨씬 많은 것을 준 것 같네. 정말 고맙군, 고마워. 막상 글을 쓰려 하니 잘 써지지 않네. 어찌 되었든 난 자네가 잘 도착했길 바라고 날 잊지 않으면 해. 갑술년 사월 십이일.』

날 그리워하는 인현왕후의 마음이 담긴 편지는 이것 말고도 4통이 더 있었다. 하나하나 읽어내려 갈수록 너무 늦게 찾아온 나 자신이 조금은 미웠다.

『이연. 잘 지내는가? 너무 오랜만에 자네에게 글을 쓰는 듯싶군. 그 동안 나는 아주 바빴네. 궐내에서 업무가 많아 지칠 정도야. 이런 기분은 참으로 오랜만일세. 자네가 조선에 있었다면 나의 궁인이 되어 나와 함께 했겠지. 짧은 인연이었으나 자네는 나의 스승이나 다름없네. 요즘 들어 부쩍 피곤해졌다네. 일이 많아져서 그런 것인지 모르겠지만 나는 지금 행복하다네. 원자는 굳건한 세자가 되었고 세자의 든든한 아우도 생겼다네. 지금이면 자네도 나이가 들었겠군. 내 곧 동백나무로 갈까 하네. 이제 조정의 업무도 조금 내려놓고. 자네와 함께 있던 그 순간을 기억하고자 해. 자네도 동백나무에 있으면 좋겠네. 비록 시간은 다르나 장소는 같으니 말이야. 아, 내 오늘 자네를 기억하고자 노리개 하나를 만들었다네. 자색 안개꽃이 그려진 노리개일세. 내가 자네에게 준 노리개와 같은 모양이네. 조금 더 성숙해진 자네를 보고 싶군. 어쩌면 이 글이 마지막 글이 될지도 모르겠네. 잘 지내시게, 이연. 신사년 칠월 닷새.』

글을 다 읽고 나니 내 눈에는 차가운 무언가가 떨어지고 있었다. 신사년 칠월이면 인현왕후가 숨을 거두기까지 약 한 달을 남긴 때다. 건강이 악화된 것 같다. 인현왕후가 아프다는 것을 깨닫고 나니 그녀가 더욱 그리웠고 보고 싶었다. 딱 한 번만 더 인현왕후를 다시 뵙고 싶다. 딱 한 번만 더.

잠시 후 하얀 안개가 내 주변에 피어오르기 시작했다.

"안개……!"

얼마 지나지 않아 내 주변은 온통 안개로 가득 찼다.

* * *

"이연, 자네인가?"

인현왕후의 목소리다. 그 목소리를 들은 순간 곧바로 고개를 돌렸다.

"이연! 자네가 왔군!"

인현왕후는 동백나무로 천천히 걸어왔다. 나는 인현왕후가 아프다는 사실을 자각하고 아차 싶어 바로 인현왕후 옆으로 갔다.

"마마."

"정말 자네가 왔어. 자네가!"

동백나무 아래 인현왕후와 함께 앉았다. 인현왕후는 내 손을 잡았다.

"자네. 정말 이곳에 와주었군."

"마마의 서찰을 읽었습니다. 그걸 읽자마자 이곳에 온 것입니다."

인현왕후는 미소를 띠며 내게 말했다.

"정말인가?"

"그동안 잘 지내셨습니까?"

인현왕후는 고개를 끄덕이며 말했다.

"그렇네."

인현왕후는 말이 끝남과 동시에 콜록거렸다. 생각보다 몸이 좋지 않으신 것 같았다.

"보다시피 내 몸이 좋지 않다네. 내의원 말로는 앞으로 살 수 있는 날이 얼마 남지 않았다 하더군. 그래도 자네를 만나 참으로 다행이네."

"마마."

밤하늘의 별이 찬란하게 빛났다. 대한민국에서는 잘 보이지 않는 별이 아주 밝게 나를 반겼다.

"내가 열네 살이 되던 해에 대문 쪽에서 하얀 안개가 피어 들어왔네. 안개가 지나간 그 자리에는 일곱 살쯤 보이는 한 아이가 쭈그리고 앉아 울고 있었네. 아주 많이. 나는 그 아이를 달래며 내 방으로 들여보냈지. 한참이 지나서 진정이 되었는지 탁상 위에 놓인 작은 복주머니를 뚫어지게 쳐다보더군. 그 아이의 눈이 너무 맑았고 귀여워 그 복주머니를 주었네. 그리고 그날 밤 그 아이는 다시 안개를 피우며 사라졌어."

"복주머니요?"

나는 허리춤에 달린 작은 복주머니를 보았다. 희미한 기억이지만 내가 일곱 살이던 때 낯선 공간에 겁이 나서 혼자 울었던 적이 있었다. 한 언니가 내게 손을 내밀었고 그 손을 잡은 나는 왠지 모를 따뜻한 느낌을 받았다. 이윽고 그 언니에게서 복주머니를 받았다.

"이 복주머니, 혹시 마마의 것입니까?"

인현왕후의 눈은 복주머니를 향하더니 어느새 내 눈과 마주치고 있었다.

"역시 자네였어. 자네가 맞았어. 그때 그 아이의 복장도 자네와 같은 옷이었거든. 그래서 처음 자네를 본 그날 아무 의심 없이 자네를 데려올 수 있었네."

"어떻게 제가 다시 온 겁니까?"

"자세한 건 나도 모르나 한 가지는 확실한 것 같네. 강한 그리움이 인연을 만들고 그 그리움이 시간을 움직여 자네와 내가 만날 수 있었다는 사실 말이네."

"그리움."

"자네가 다시 자네의 세계로 돌아갈 수 있었던 것도 그 세계에 대한 그리움 때문이 아닌가 싶네."

이때 깨달았다. 내가 조선에 이끌려가게 된 것은 인현왕후가 잠시 생각했던 어린 시절 나에 대한 그리움, 그리고 잠시 내가 서오릉에 갔었던 그 순간이 동시에 이루어졌기 때문에 그녀와 나의 인연이 닿을 수 있었다는 사실을.

"이연. 내 오늘 무척이나 기뻤네. 자네를 만나 10년 전의 기억을 다시 살릴 수 있었어."

"소인도 기뻤습니다. 마마를 다시 뵐 수 있어서, 마마를 다시 기억할 수 있어서……."

"난 다 비워졌네. 내가 할 일은 대부분 마무리되었어. 자네. 고마웠네. 이처럼 성숙해진 자네를 볼 수 있어서 너무나 행복해. 이제 자네의 세상으로 돌아가게나. 날 잊지 말고."

* * *

인현왕후를 처음 만난 그 순간부터 헤어지는 그 순간까지 행복이었다. 내 길을 열어준 사람이자 내 꿈을 이루게 해준 인물.

 찬란하게 빛나 찬란하게 진 인현왕후. 그녀의 흔적은 영원히 기억
될 것이다.

꿈이 이끄는 꿈
A dream led by a dream

김서희

커다란 분수대를 중심으로 펼쳐진 광장.

그 주위를 둘러싸고 있는 파스텔 톤의 고풍스러운 집들.

그런 집들 위로 펼쳐진 푸르른 하늘에 꽃피운 보슬보슬한 구름들
까지.

꼭 꿈이 그린 듯한 동화 같은 마을이 두 눈을 어지럽혔다.

여기는 어디일까?

주위를 둘러보자, 거리에 사람들이 없다는 사실을 알 수 있었다.

집에는 사람들이 있을 거라 생각하며, 집 앞을 향해 걸어갔고, 초인종을 찾아보았지만, 집 문 그 어디에도 초인종은 없었다.

여기는 원래 초인종이 없는 집인 걸까?

알 수 없는 의문을 가지고 고풍스러운 문을 두들겨보자, 문이 열려 있는지 문 위에 걸린 방울은 딸랑 소리를 울리며 문이 살짝 넘어갔다.

"… 실례합니다. 혹시 여기 누구 계신가요?"

떨리는 마음으로 물어봤지만 대답은 돌아오지 않았다.

혹시나 하는 마음에 집 안을 들어가 보자 집 안에는 의자 하나에 책상 하나, 큰 책장과 겹겹이 쌓인 종이들만이 고풍스럽게 모여 있을 뿐이었다.

또 책상 위에는 종이 몇 장과 쓰다 만 공책 한 권, 깃펜이 담긴 잉크가 가지런히 놓여 있었는데, 쓰다 만 공책은 일기장인 듯 날짜와 글들이 적혀 있었다.

특히 그 일기장의 끄트머리에 적혀 있는 글은 꼭 어제 내가 겪었던 일과 이상하리만큼 같았다.

심지어 날짜마저도 같아 우연치고는 이상하다는 생각이 들기도 했다.

만약 집주인이 있었다면 어떻게 된 것인지 물어보기라도 하련만 집주인은커녕 집안 그 어디에서도 사람은 찾을 수 없었다.

다음 집에서도, 그 다음 집에서도, 그 다음, 또 다음 집에서도 사람은 찾을 수 없었다.

내가 할 수 있는 것이라고는 마치 무언가에 홀린 사람처럼 큰 책장과 겹겹이 쌓인 종이들만 남겨진 집들을 들려 사람을 찾고 또 찾는 것밖에는 없었다.

사람을 찾고, 또 찾은 끝에야 알 수 있었던 점은 어째서인지 이 동화 같은 마을에는 사람이 존재하지 않는다는 점이었다.

그렇게 생각하던 순간 분수대 뒤쪽으로 한 꼬마 아이가 보였다.

원래부터 분수대 뒤에 있었던 걸까?

그건 중요하지 않았다.

지금 중요한 건 내가 왜 여기에 있는 건지, 여기는 어디인지, 어디로 가야 이곳을 벗어날 수 있는지였다.

저 꼬마는 왜 내가 여기 있는지 알고 있을까?

어디로 가야 이곳을 벗어나 집을 찾을 수 있을까?

하다못해 파출소라도 알려 주었으면 했다.

그렇게 꼬마에게 다가가자 꼬마는 인기척을 느꼈는지 내 쪽으로 고개를 돌렸다.

그리고 천진난만한 목소리로 하는 말이…

"형! 왜 이렇게 늦었어!"

… 였다.

주위를 둘러보았으나 이곳에는 나와 꼬마밖에 없었다.

혹시 나한테 하는 말인 걸까?

"… 형에게 하는 말이니?"

"응, 오늘 하루 놀아주겠다고 했잖아."

꼬마는 '왜 저러지?' 하는 표정을 짓고는 당당하게 말했지만, 꼬마를 처음 보는 내 입장에서는 그저 기가 막히는 소리일 뿐이었다.

"내가? 난 널 처음 보는데?"

라고 말을 하자 꼬마는 내게 드디어 돌았냐는 듯 심한 표정을 짓고는 말했다.

"뭐야! 형, 잠 덜 깼어? 손목에 티켓까지 차고 들어왔으면서."

팔을 들어 확인해 보자 꼬마의 말대로 내 손목에는 꼭 놀이공원에서 쓰는 티켓 같은 팔찌가 차여 있었다.

"어?"

언제부터 팔찌가 있었던 걸까?

분명 문을 열 때까지만 해도 발견하지 못했는데.

복잡한 심경으로 손목을 보던 중 꼬마가 옷자락을 끌었다.

"형, 놀아주겠다면서 계속 그렇게 잠 덜 깬 상태로 있을 거야? 빨리 가자!"

"어? 어. 그래. 빨리 가자."

얼떨결에 대답을 하고는 꼬마가 이끄는 곳으로 가자, 또 다른 마을을 볼 수 있었다.

아니, 그전에 마을은 맞을까?

이렇게 멋진 놀이공원은 못 들어봤는데.

꼬마가 이끈 그곳은 아까 마을과는 다르게 악기나 오르골, 디저트 등 내가 좋아할 것들로 가득한 집들이 모여 있었다.

꼬마와 나는 제일 먼저 오르골이 있는 집을 구경했다.

제일 앞에 놓인 오르골을 켜자 카논이 흘러나오기 시작했다.

나는 오르골 곡 중에서도 카논이라는 곡을 제일 좋아했다.

어릴 적에 어머니께서 사주셨던 오르골의 곡이기에 나는 오르골의 곡하면 단연 카논을 좋아했다.

꼬마도 카논이 좋은지 유독 카논이 나오는 오르골을 많이 켰다.

그러다 꼬마가 오르골을 들고 나온 걸 보고는 깜짝 놀랐지만 꼬마 말에 의하면 아까 손목에 있던 팔찌가 있으니 괜찮다나 뭐라나.

오르골을 다 구경한 후에 꼬마와 나는 악기가 있는 집으로 향했다.

다행히 연주할 줄 아는 악기만 있어서 꽤 재미있는 시간을 보낼 수 있었다.

여러 악기를 연주했지만 꼬마는 내 바이올린 연주를 특히나 좋아했다.

또 다음에 간 건물은 디저트가 널린 집이었다.

모든 디저트가 다 맛있었지만, 특히 치즈 타르트가 최고였다.

겹겹이 싸여 있는 달달하고 바삭한 타르트 피에 고소하고 짭짤한 부드러운 치즈가 정말이지 잘 어울렸다.

그렇게 꼬마와 놀다 보니 어느새 해가 지기 시작했고, 꼬마는 고개를 들어 하늘을 바라보더니 마지막으로 가야 할 곳이 있다며 재촉하기 시작했다.

"형, 어서 가야 해. 늦으면 놓칠지도 몰라!"

그렇게 또 꼬마의 손에 이끌려 도착한 곳은 꼭 영화에서 본 것만 같은 아름다운 성의 연회장이었다.

꼬마는 테라스 난간에 기대더니, 하늘을 가리켰다.

"봐봐, 해가 지기 시작했어!"

꼬마의 말대로 어두운 엉겅퀴 색 하늘이 노을에 의해 황금빛으로 물들었다.

그러다 어느 순간 노을은 사라지고 어두운 밤하늘에는 하나둘씩 별이 떠오르기 시작했다.

그렇게 떠오르는 별들이 모여 어느새 별 무리를 이루어 찬란하게 빛나고 있었다.

수많은 별들이 자기가 더 빛난다는 듯, 밝게, 더 밝게.

그 모습을 보던 꼬마는 커다란 눈망울에 빛나는 별들을 담으며 말했다.

"나는 저렇게 반짝이는 별처럼 누구보다도 자유롭게 누구보다도 행복하게 빛나고 싶어."

언제나 행복함만이 가득했던 꼬마는 약간 우울해 보이는 표정으로 말했다.

"하지만 내 주위 사람들은 내가 그러지 않았으면 하나 봐."

"그래서인지 내 꿈인데, 내 인생인데, 자기들이 모든 걸 정하고 있어. 너무 억울해, 내 인생이니 신경 안 쓰겠다고 해놓고는 말이야."

이전부터 그랬지만, 꼬마의 이야기를 듣자 꼬마가 나랑 정말 비슷하다고 느껴졌다.

나 또한 어렸을 때 그렇게 자라왔고, 그렇게 말했으니까.

그래서 해줄 수 있는 말은 이것밖에 없었다.

"어른들은 원래 그랬어."

수없이 말했고, 수없이 바뀌길 원했다.

어른들이 적어도 저렇게 강압적이고 모순되지 않기를.

하지만 내 바람은 어디로 갔는지, 어른들은 끝까지 모순적이었고, 끝까지 강압적이었다.

그렇기에 결국 바뀐 건 나였다.

어린 우리들에게 어른들은 한없이 강했고, 우리는 그들에게 한없이 약했으니까.

결국 싸움이 길어질수록 손해 보는 쪽은 이쪽이었고, 벽을 보고 말한다고 바뀔 것은 없으니까.

그러니까, 바뀐 거다.

그냥 그들의 말에 수긍을 하게 된 것이다.

"형도? 형도 그런 적 있었어?"

"그럼."

그런 일이야 수없이 많았다.

"형의 어머니는 말이야, 형이 의사가 되기를 바라서. 형의 꿈은 그게 아닌데, 이해를 해주지 못하는 어머니 때문에 많이 슬퍼했었지."

"그런데 더 슬픈 건 난 그럴 능력이 안 된다는 거야. 나는 내 꿈을 져버리면서까지 어머니의 꿈을 택했는데, 어머니의 꿈을 이뤄드리기에는 내가 너무 모자란 거야."

"그래서 그런지, 아버지께서는 항상 나에게 등신이라며 욕을 하셨지."

"내 주위에는 다 유능한가 봐, 아니면 내가 모자란 걸까? 가족 중에서도 말이야, 이번에 불수능을 쳤던 사촌 형은 수능을 4등급 맞고 욕을 먹었는데, 그리고 보니 사촌 누나는 의대 갈 성적으로 교대를 갔다던데, 삼촌은 우리나라에서 이름을 떨치는 세 대학 중에 한 대학을 졸업했는데, 모두가 하나같이 명문대를 가고, 하나같이 높은 점수를 받는데, 나는 어머니께서 원하시는 의대는커녕 지방대도 못 가겠더라고."

……
갑자기 찾아온 정적에 시간이 무겁게 가라앉았다.
아니, 가라앉은 건 시간일까 아니면 내 마음일까.
그 어느 것도 알 수 없었다.
"… 나 정말 등신처럼 보이지?"
"응, 엄청."
……
꼬마는 너무 직설적이었다.
어째서인지 가슴이 아픈 것 같기도…
그렇게 실없는 생각을 하고 있던 중 꼬마가 말했다.
"형, 인생은 형 인생이고, 형의 어머니 인생은 형의 어머니 인생이잖아, 형이 꼭 형의 어머니 꿈을 이뤄드릴 필요는 없어.”

“그리고 어차피 형의 어머니는 책임져 주실 수 없고, 형은 어차피
그럴 능력도 안 되는데, 왜 아직도 매달리고 있어?”

‘그래봤자 어차피 놓칠 거 알잖아…….’
어째서인지 꼬마가 삼킨 뒷말이 들리는 듯했다.
“아직도 형의 어머니께서 원하시는 길을 걷고, 그 책임은 형이 질
거야?”
“글쎄, 그래도 어차피 나 혼자만 감당해야 할 책임이라면 내 길을
걷고 싶기는 해.”
“사실…….”
“좋아했어.”

“실패와 절망만이 가득했던 내 현실 속에서도 찬란히 울리는 그 멜
로디를 나는 참 좋아했어.”

내가 아파했던 그때도 내가 쓰러졌던 그때에도 찬란하게 울리는
그 멜로디는 나를 조금 더 딛고 일어나게 해주었거든.

“그리고 아직 나는…….”

“좋아하고 있어.”

"좋아하고 있어."

 동시에 울려 퍼진 그 말들을 끝으로 기나긴 밤의 끝을 알리는 여
명이 동트기 시작했다.
 "그렇지?"
 햇빛이 들어서일까?
 아이는 평소보다도 더 밝게 웃고 있는 듯했다.
 마치 어릴 적의 나처럼.

 "너는, 누구야?"
 왜인지 답을 듣지 않았음에도 알 수 있었다.
 하지만 그럼에도 불구하고 확인받고 싶어졌다.
 너에게 직접 들어야 할 것 같았다.

 "나는"
 너는

 "너야."
 나라는 걸.

 "다음에 또 보자."

 나 가을 타나 봐~

(놀랍게도 벨 소리가 맞습니다.)

그렇게 요란한 알람 소리와 함께 꿈에서 깨어났다.

무슨 꿈이었더라?

분명 아주 좋은 꿈을 꿨던 것 같은데 도통 기억이 나지를 않았다.

확실한 건 지금 당장 어머니께 달려가 내 꿈을 들어달라는 말을 하고 싶은 느낌 정도랄까?

"그래서, 머리에 혹을 달고 오셨다?"

"어, 그래도 허락은 받아냈다?"

"허락이 아니라 협박이겠지. 졸업 전에 괜찮은 성과물이 하나라도 없으면 죽여 버린다고 하셨다면서."

"에이, 설마 죽이기야 하겠어?"

옥상 난간에 기대서 살랑 불어오는 바람에 기분 좋게 웃으며 말했다.

"그리고 이렇게 어렵게 허락을 맡은 이상 나도 내가 원하던 만큼 노력해 보려고."

그러니 응원 좀 부탁해.

나도 너희들의 꿈을 응원할게.

- fin

산속의
괴짜

김도원

고무망치로 못을 때리는 것 같은 소리를 들으며, 나는 일어났다. 덜커덩거리는 카시트 위에 간신히 몸을 누이고 있는 어머니를 보았다. 옆에서 운전하시는 아버지는 생각이 많으신 것 같았다. 아버지는 평소엔 입에도 대지 않으시던 싸구려 믹스 커피를 홀짝대시며, 연신 자동차 액셀러레이터만을 밟으실 뿐이었다. 그도 그럴 것이 도시의 집을 놔두고 시골로 피난을 온 가장의 마음은 어떻겠는가. 나는 말없이 눈을 감고 억지로 잠을 청했다. 자동차 시동이 꺼진 뒤, 아버지가 조용히 어머니와 나를 부르시며 여기가 우리가 앞으로 살아야 할

집이라고 했다. 평소에 보던 닭장 같은 아파트는 온데간데없고 금방이라도 쓰러질 것 같은 벽돌집만이 보일 뿐이었다. 짐을 내리고 주변을 돌아보려던 찰나 옆집에 사시는 할머니께서 젊은이들이 시골에 온 게 신기한지 대문을 열고 들어오셔서 물으셨다.

"젊은이들끼리 노인네들 사는 이런 동네는 웬일이라우?"

몸이 안 좋으신 어머니 대신 아버지가 할머니께 퉁명스럽게 말했다.

"하던 일도 안 되고 그냥 여기서 조용히 살랍니다."

할머니께서는 그 말을 들으시곤 조용히 미소만 지으시며 나에게 오천 원짜리 한 장을 쥐어주고 가셨다.

나는 곧장 밑에 있는 개울로 나갔다. 도시에서는 한 번도 볼 수 없었던 깨끗한 시냇물에 발을 담그고 조용히 산을 보았다. 가만히 산을 보던 나에게 누군가 어깨를 두드리며 말했다.

"저기, 작은 친구 비켜줄래?"

낯선 목소리에 흠칫하며 뒤를 돌아보았다. 그곳에는 백발의 할아버지가 서 계셨다.

"저보고 말씀하신 거예요? 제가 어떻게 할아버지 친구예요."

할아버지는 웃으시며 말씀하셨다.

"나이는 숫자에 불과하지. 배울 점이 있는 사람이라면 누구든지 친구가 될 수 있단다."

그렇게 말씀하시고는 내가 앉아 있던 자리에서 낚싯대를 던지셨다. 그러다 조금 옆에서 멀뚱멀뚱 서 있던 나를 보시더니 옆에 앉아도 된다고 하셨다. 그러다 선뜻 나에게 질문을 하셨다.

"너는 이름이 뭐니?"

"영수요, 송영수."

"그렇구나. 그럼 영수 너는 사람에게 이름이 있는 이유를 아니?"

"그냥 구별하기 위해서 붙이는 거 아닌가요?"

"그래? 그럼, 민들레나 개나리는 이름이 있지만, 바닥에 있는 잡초는 이름을 구분하지 않지, 그 이유가 뭘까?"

"모르겠어요."

"이름이란 것은 존재 가치나 의의를 표현하는 수단이야, 이름이 주어짐으로써 사물은 비로소 의미를 얻고, 의미를 얻음으로써 존재 가치를 부여받는 거지."

"너무 어려워요, 갑자기 왜 그런 얘기를 하세요?"

"너의 이름 자체로 너는 존재 가치가 있는데, 지금 너의 삶과 생각이 존재 가치가 있다고 생각하니?"

"모르겠어요."

"인생의 시작은 그런 거야. 나의 존재 가치를 분명히 알고 발전시켜 나가는 것, 거기서부터가 시작이다."

할아버지는 그렇게 말씀하시며 나에게 시간 있으면 자기 집으로 놀러 오라고 하셨다. 그렇게 나는 저녁 시간이 다 되어서야 집으로 돌아왔다. 처음으로 들어와 보는 대문을 열고, 집 안으로 막 들어왔을 때 어머니와 아버지는 말다툼하고 계셨다. 들어보니 어머니의 약봉투를 아버지가 도시 집에 두고 오셨다고 한다. 한껏 붉어진 표정을 하신 아버지는 짜증을 내며 차 시동을 거시더니 도시로 떠나셨다. 그걸 지켜보시던 어머니는 머리가 아프신 듯 먼저 들어가 누우시더니, 나보고 라면을 끓여 먹으라고 하셨다. 나는 말없이 라면 한

봉지를 가지고 다시 냇가로 내려갔다. 저녁 시간이라 물에 발을 담그기엔 추울 것 같아 하늘의 달과 별들을 보며 가져온 라면을 뜯어먹었다. 조용히 달과 별들을 보던 찰나, 아까 낮에 들었던 익숙한 목소리가 나지막이 들렸다.

"영수야! 뭐하니!"

화들짝 놀라 귀신인가 싶어 주변을 막 둘러봤더니 뒤쪽 언덕에서 백발의 할아버지가 나를 부르고 계셨다. 나는 귀신이 아니었다는 안심과 왠지 모를 짜증을 느끼며, 먹던 라면을 챙겨 집으로 돌아왔다. 그렇게 대문을 열고 들어와 보니 아버지는 아직 오지 않으셨고 어머니의 앓는 소리만 들릴 뿐이었다. 나는 그저 조용히 나의 방으로 들어가 잠을 청했다.

달그락거리는 식기 소리가 들려 잠에서 깬 나는 내 방문을 열고 어머니, 아버지께 인사를 한 뒤 곧바로 화장실로 향했다. 도시에서 봤던 샤워기는 온데간데없고 큰 대야와 바가지 하나만 덩그러니 놓여 있었다. 간단히 샤워만 하고 방에 들어가려던 찰나 아버지가 호통을 치셨다.

"어른들이 밥 드시면 너도 같이 먹어야지! 설거지 두 번 하게 만들지 마라! 안 그래도 엄마 몸 안 좋으신데."

배는 고프지 않았지만, 아버지의 원성에 못 이겨 밥 한두 숟갈을 뜨고 대문을 박차고 나갔다. 막상 나오니 할 것이 없어 다시 냇가로 나갔다. 아니나 다를까 그 할아버지는 낚시를 하고 계셨다. 어제 일 때문에 맘이 상한 나는 멀찌감치 떨어져 물수제비를 뜨고 있었다. 할아버지는 나를 멀리서 부르셨다. 어른이 부르는데 안 갈 수는 없어서 마지못해 할아버지께 다가갔다.

"왜 부르세요?"

"물수제비 잘 못하는구나?"

"당연히 도시에서는 해볼 수가 없었으니까요. 할아버지는 잘하세요?"

"나도 영수 나이 때는 잘했었는데, 지금은 잘 모르겠구나. 그건 그렇고 할 거 정말 없지?"

"......"

"이런 시골에 뭐 할 게 있겠니. 사람이랑 놀기 좋아하는 사람이라면 이런 공간은 딱 질색이지."

"저, 사람이랑 노는 거 안 좋아해요"

"그건 좀 딱하구나, 벌써 그러면 삶이 힘들어져. 그럼 책 읽는 건 좋아하니?"

"조금요, 혼자 있는 걸 좋아해서 그런지 책은 자주 읽어요"

"그러냐?"

할아버지는 그 말씀을 하시고는 낚싯대를 올리시고 짐을 챙기셨다.

"우리 집에 같이 가보자, 너에게 주고 싶은 책이 있어."

그렇게 나는 할아버지를 따라나섰다. 20분 정도 산길을 걷다 보니 너무 힘들고 지쳤다. 이제 포기하고 우리 집으로 갈까 생각하던 와중 할아버지의 집에 도착했다.

"힘들지? 그래도 매일 걸으면 익숙해진단다."

산꼭대기에 있는 할아버지의 집은 신기하게 생겼다. 고풍스러운 한

옥 같으면서도 투박한 게 느껴지는 신기한 느낌의 집이었다. 서 있는 나를 보면서 들어오라고 재촉하는 할아버지를 보며, 그 집에 들어갔다. 대문을 열고 들어간 집의 구조는 놀랍다 못해 경악스러웠다. 벽 문마다 채워진 책들, 비어 있는 공간마다 쓰여 있는 글들이 내 눈을 가득 채우는 듯했다.

"정신 없지? 누가 오는 걸 생각 안 하고 만든 집이라 조금 지저분할 거야."

그때 갑자기 한 쪽 문에서 누군가가 문을 열고 나왔다.

"아버지 오셨어요?"

나는 당황하며 인사를 했다.

"안녕하세요."

예상과 다르게 그분은 환하게 웃으며 환대해 주시고 차도 한 잔 내어 주셨다. 할아버지는 짐을 내려놓으시고 방 끝에 있는 책상에서 책 한 권을 꺼내 주셨다.

"자, 이걸 읽어봐라, 초심자용으로는 그거만 한 게 없지."

"소크라테스에서 포스트모더니즘까지? 이게 뭐예요?"

"고대 철학부터 현대 철학까지의 변천사를 담은 책이지 이 책으로 말할 거 같으면 이제."

"이거 너무 어려워 보이는데요. 안 읽을래요."

"음. 접근하기 더 쉬운 책이 있을까?"

그때 옆에서 가만히 바라만 보고 계시던 젊은 아저씨가 입을 열었다.

"아버지 저한테 하셨던 '동화 속 철학' 하시는 게 어때요?"

"오, 그거 좋은 생각이구나!"

그 말이 끝나기가 무섭게 할아버지는 자리에서 일어나셔서 어디론가 사라지시더니 낡은 동화책 한 권을 가지고 나에게 오셨다.

"자, 이걸 읽고 다 이해가 되었다고 생각되었을 때 언제든 나에게 오거라."

"어린 왕자? 이거 저 유치원 때 이미 다 읽었는데요?"

"그래도 다시 읽어 보아라. 같은 책을 읽더라도 읽는 사람의 경험이 쌓일 때마다 다르게 보이는 거란다."

"그럼 어디서 읽을까요?"

"어디든! 차나 마시면서 여유롭게 읽어라. 나도 책을 읽을 테니."

그렇게 말씀을 하시곤 할아버지도 책을 꺼내 드시고 젊은 아저씨도 조용히 책을 가져오셔서 독서를 했다. 좁디좁은 책상에 나이대가 다른 3명이 책을 읽고 있는 모습이 어딘가 모르게 아름다워 보였다.

할아버지가 주신 '어린 왕자' 책의 마지막 페이지를 넘기니 시간은 저녁 시간이 다 되었다.

"할아버지, 읽다 보니 너무 늦은 것 같은데, 이만 가 봐야 할 것 같아요."

그러자 젊은 아저씨가 읽던 책을 내려다 놓고, 손목에 있는 시계를 보았다.

"그러네요. 너무 늦었으니 제가 데려다주고 올게요."

할아버지도 책을 내려놓으시더니 쓰고 있던 안경을 벗으시고 넌지시 나에게 물으셨다.

"영수야 오늘도 라면 먹을 거냐?"

"엄마가 아프시면, 그래야죠."

할아버지는 지갑에서 오천 원짜리 한 장을 꺼내시고는 나에게 주셨다.

"가다가 밥이라도 한 끼 사 먹거라. 배움이 아무리 중요하다 한들 인간에게 제일 중요한 것은 삶이야. 아 참, 책은 가지고 가서 읽어 보아라. 내일은 꼭 얘기해 보자."

"네, 안녕히 계세요."

다시 고풍스러운 집을 나와, 어둑어둑한 산길을 젊은 아저씨와 걷기 시작했다. 안 그래도 무서운 길을 말없이 적막하게 가니 더 무서워서 내가 먼저 말을 꺼냈다.

"아저 씨는 진짜 할아버지 아들이에요?"

"아니."

"그럼 왜 아버지라고 불러요?"

"아버지니까?"

"그게 무슨 말이에요?"

"같이 살면서, 배우고, 먹고, 자고 하다 보니까 자연스레 아버지가 되더라. 대단한 분이셔."

"근데 왜 이런 시골에 사세요?"

"그건 나도 모르지?"

"그럼 아저씨는 왜 여기 사세요?"

"아버지 따라다니다 보니, 나도 여기 사는 거지. 너도 아버지 따라서 온 거 아니니?"

"맞아요."

"너나 나나 같은 이유로 왔구나. 근데 넌 아버지께 배우고 있는 게 있니?"

"없는 것 같아요."

"그건 안타깝구나. 괜찮아! 인생은 길고 배울 날은 많단다."

그렇게 얘기를 하다 보니 어느덧 밝은 길목으로 내려왔다. 나는 밝게 인사를 하고 집으로 돌아왔다.

조심스럽게 문을 열자 거실에 있는 아버지가 호통을 치셨다.

"너 뭐 하다가 지금 들어와! 정신이 있는 거야 없는 거야! 엄마 아프신데 걱정시키기나 하고! 너 내일부터 집 밖으로 나가지 마! 알겠어?"

나는 아버지가 도무지 이해되지 않았다. 그렇게 나는 내 인생 처음 아버지에게 대들었다.

"아버지! 제가 뭘 그렇게 잘못했는데요? 도시에서 우중충한 시골로 이사 오게 만든 아버지가 더 정신이 없으신 거 같아요! 그리고 어머니 아프신 게 저 때문인가요? 회사일 핑계 대시면서 가정에 신경도 안 쓰신 건 아버지 아니셨나요?"

"이 자식이!"

쉴 새 없이 쏘아대던 나의 입에 적막을 준 것은 아버지의 거칠고도 큰 손바닥이었고, 나는 아무 말 없이 방으로 들어가 잠을 청했다.

억지로 잠이 든 나를 어머니가 조용히 깨우셨다가 그리고 나지막이 말씀하셨다.

"영수야, 엄마가 미안해"

나는 조용히 눈을 감았다.

기분 나쁘게 비치는 햇빛을 받으며, 나는 일어났다. 아버지는 온

데간데 없으셨고, 어머니는 아침을 하고 계셨다. 나는 부스스한 머리를 정리하며 곧장 화장실로 향했고 몸을 씻었다. 머리를 털며 거울을 봤는데 얼굴에는 파란 멍이 들어 있었다. 문을 여니 아버지는 없으셨고 어머니가 아침을 먹으라고 하셨다. 나는 차려주신 아침을 거절하고 곧장 할아버지 집으로 향했다. 산길을 쉴 새 없이 뛰며 어제의 일을 회상했다. 정신을 차리고 보니 할아버지 집 앞이었고, 곧장 문을 두드렸다.

"할아버지 저 왔어요!"

문이 덜컥 열리더니 못 보던 여자분이 나오셨다.

"누구세요?"

"아, 저…."

집 안에서 누군가가 헐레벌떡 뛰어오는 소리가 들리고 곧장 아저씨가 나오셨다.

"영수 왔구나! 인사해 이쪽은 내 아내고, 이 친구는 영수라고, 얼마 전에 동네로 이사 온 아이야."

"그렇구나. 들어오렴."

"네."

집 안에 들어서니 책장에 책들은 그대로였지만 책상이나 바닥의 지저분한 것들은 치워져 있었다.

"할아버지는 어디 가셨어요?"

"잠깐 산책하러 나가셨어. 아침 먹었니? 같이 먹을까?"

내 의견은 물을 새도 없이 내 앞에 밥그릇이 놓였고 나는 조용히 숟가락을 떴다. 한 그릇을 다 먹어 갈 때쯤 할아버지가 돌아오셨다.

"아버지 오셨어요? 영수 와 있어요."

할아버지는 굉장히 기뻐하시며 짐을 다 놓지도 않으신 채 나에게 오셨다.

"영수야, 오늘은 꼭 이야기해 보는 거다! 우선 밥 먼저 먹자꾸나."

"네."

밥을 다 먹고 할아버지는 부부 두 분을 물리시고 나와 얘기를 하게 되었다.

"그래 어린 왕자 책은 어떻든?"

"내용은 똑같던데요? 유치원 때 읽었던 내용이랑 다른 게 없었어요."

"그러냐? 그럼 제일 마음에 드는 문장이나 장면이 있었니?"

"마음에 들기보단, 충격적인 장면은 있었어요."

"결말 장면 말이지?"

"네. 왜 하필 노란 뱀에게 물려 죽는다는 이야기를 썼을까요. 주선을 타고 다시 B612에 가면 안 됐을까요?"

"그걸 알기 위해선 이 소설의 배경을 알아야 해."

"배경이요?"

"영수 넌 어린 왕자의 작가인 생텍쥐페리의 직업이 무엇인 줄 아니?"

"아니요."

"그는 2차 세계대전의 비행사였어! 인간의 죽음을 바로 옆에서 지켜보고 자신이 이름도 모르는 인간을 죽이는 곳에서 매일같이 있다

보니, 동심이란 감정과는 멀어질 수밖에 없었지, 그렇게 잃어버린 동심을 찾기 위해 쓴 것이 어린 왕자란다."

"그게 결말과 무슨 관련이 있어요?"

"어린 왕자의 비행사가 바로 생텍쥐페리고 어린 왕자가 바로 생텍쥐페리의 동심인 거지."

"그러니까 왜 동심을 죽인 거죠? 노란 뱀이 독이 있는 걸 알면서도 어린 왕자는 물려 죽었잖아요 말하자면 어린 왕자의 '자살'이라고 표현해도 될 거 같아요."

"그건 생텍쥐페리의 사상과 관련되어 있지. 전쟁을 몸으로 겪다 보니 점점 '실존주의'에 빠져들게 되고 그 과정에서 자신의 동심과 내면의 충돌이 발생한 거지. 그렇게 계속해 왔지만 어른으로서 성장한 자신의 모습 때문에 어린이의 마음, 즉 동심의 나를 봉인해 버린 거지. 어린 왕자가 뱀에게 물려 죽는다는 것으로."

"음. 그럼 실존주의는 뭐에요?"

"그건 차차 알아가도록 하자. 우선 어린왕자에서 가장 인상 깊었던 인물이 있었니?"

"음. 왕, 계속 일만 하는 사람, 가로등을 껐다 켰다 하는 사람, 여러 사람이 있었지만, 그래도 여우가 제일 인상 깊었어요."

"여우가 인상 깊은 이유는?"

"사람과 친해지는 방법을 제대로 알려줬어요. 천천히, 말은 하지 않고 그저 조금씩 다가오는 것, 그게 제일 중요한 것이라구요."

"사람과 친해지는 방법을 가르쳐 준 것이 인상 깊었다?"

"네, 그런데 장미에게 돌아가야 해서 여우와 떨어진 것이 아쉬웠어요."

"그때 여우가 한 말 기억하니?"

"네, 시간을 들인 만큼 '책임'을 져야 한다고 했어요. 그러니 어린 왕자가 장미에게 들인 시간만큼 '책임'이 있으니 돌아가야만 한다면서. 대신 자신과 들인 시간만큼의 '책임'이 있으니 꼭 나중에 돌아오라면서요."

"그래. 잘 읽었구나. 그렇다면 영수 너는 인간관계의 '책임'이나 '결속'이 좋은 것이라고 보니?"

"그때그때 다른 것 같아요. 아직 헷갈려요."

"그래?"

할아버지는 갑자기 말을 끊으시고는 본인의 서재로 가서 책 한 권을 더 꺼내오셨다.

"이번에는 이 책을 읽어 보아라. 이해가 되지 않을 수도 있지만, 이 이야기와 굉장히 밀접한 관련이 있을 거야."

"이방인? 이것도 동화에요?"

"아니! 그건 소설이야. 지루하더라도 읽어 보렴. 그리고 그 책을 다 읽는다면 다시 이야기해 보자꾸나."

할아버지는 그러시고선 피곤하시다면서 방으로 들어가 몸을 누이셨다. 아저씨와 아주머니가 나오셔서 물으셨다.

"이야기는 끝났니?"

"네. 그런데 이 책을 주시곤, 이 책을 읽고 다시 이야기하자고 하시네요."

아저씨와 아주머니는 책을 받아 보셨다.

"어디 보자, 이방인?"

"아니 아버지는 왜 이런 책을 주신 거야, 애 정서 나빠지게."

"아니야. 생각이 있으시겠지."

아저씨는 책을 돌려주셨고 아주머니는 이마를 만지셨다.

"아이고 난 모르겠어. 영수야 그거 읽고 주인공처럼 되지 말거라."

나는 책을 다시 받아들고 익숙한 듯 책상에 앉았다. 그렇게 '이방인'을 읽기 시작했다. '이방인'은 첫 문장부터 내가 이제껏 읽어온 책과는 사뭇 다른 분위기의 문체였다.

'오늘 엄마가 죽었다, 아니 어제일지도?'

나는 내 상황과 이 소설이 어딘가 비슷한 것 같아, 책을 쭉 읽기 시작했다. 주인공인 '뫼르소'는 어딘가 이상한 인간이었다. 책 내용 전반적으로 '행복'이라던지 '기쁨' 같은 감정이 없는 사람 같아 보였다. 제일 많이 하는 말이 '귀찮아.', '내 일이 아니야.', '될 대로 되라지.' 같은 말이었다. 하지만 마지막 결말 부분을 보면, 단두대 앞에선 '뫼르소'의 말은 '전에 행복했던 것처럼 지금도 행복하다.' 였다.

정신없이, 또 이해되었는지도 모를 만큼 책을 읽다 보니, 벌써 점심시간이 지나 저녁 시간이 다 되어 갈 때쯤이었다. 아저씨와 아주머니는 음식을 사러 잠깐 나가신 듯했고, '이방인'을 결말까지 본 나는 잠시 밖을 보며 책을 만지작거렸다.

얼마나 지났을까, 할아버지가 조용히 문을 열고 나오셨다.

"영수 아직 안 갔네? 그래 '이방인'은 다 읽어 보았니?"

"네. 근데 이 책 좀 이상한데요? 서두부터 이상하더니, 결말까지 이상해요. 왜 소설 제목이 '이방인'인 줄 알겠어요, 주인공이 현실 세계 사람이라는 걸 믿지 못할 정도예요."

"왜 그렇지?"

"첫 부분부터 어머니의 죽음을 대수롭지 않게 여기고, 장례식 기간에 직장 동료와 휴가를 즐기러 가고, 심지어 살인을 저지른 이유도 '태양' 때문이라고 하고, 나중에 자신을 살리러 온 신부에게도 어깨를 잡고 분노를 표출하고, 단두대 앞에서는 서서 '행복'하대요. 이게 무슨 이야기예요?"

할아버지는 웃으면서 말씀하셨다.

"실존주의를 이해하기 위해서 가장 직접적인 책이라고 볼 수 있지."

"이게 실존주의랑 무슨 상관이 있는데요?"

"우선 우리 밥부터 먹고 시작할까? 뭐 좋아하니? 할아버지가 해 줄게."

"아까 아저씨랑 아주머니가 먹을 거 사러 가셨어요."

"그럼 곧 오겠구나. 그동안 차 한잔하면서 이야기를 해볼까?"

물어보고 싶은 것이 산더미였다. 어린 왕자 이야기와는 다른 설렘이 가슴에 다가왔다. 차 티백을 꺼내는 순간부터 물에 넣는 순간까지 정말 순식간에 지나갔고 할아버지는 차를 한 입 마시더니 말씀을 시작하셨다.

"자! 영수야, 이 의자가 있는 이유가 뭐라고 생각하니?"

"앉기 위해서요."

"그렇지! 의자라는 것은 '재료'인 나무보다 '용도'인 앉는 것에 집중된 것이란다. 우리가 만날 때 얘기했던 잡초에 이름이 없는 이유와 같은 맥락이지."

"그렇죠. 근데 갑자기 그게 왜요?"

"모든 사물은 용도, 즉 본질이. 재료, 즉 존재보다 앞선다라는 정의를 설명하기 위해서 난 이 말을 한 거란다."

"너무 어려워요."

"음. 의자는 앉기 위해서 있는 것이라고 말을 했지? 그럼 영수 너는 무엇을 위해 존재하는 것이지?"

"어, 모르겠어요."

"그게 정답이야! 모든 '사물'은 본질이 존재보다 앞서지만, '인간'은 존재가 본질을 앞선다고 생각을 하는 것이 실존주의의 입장이다."

"근데 그게 왜요? 그게 이 소설과 무슨 관련이 있는데요?"

"'이방인'의 작가인 알베르 카뮈는 본인 스스로는 실존주의자라는 것을 부정했지만, 그의 문학 작품에는 실존주의의 향수가 짙게 묻은 작품이 많지. 그중 대표적인 것이 '이방인'이고."

"존재가 본질을 앞서는 철학적 문장이랑 이 소설이랑 무슨 상관인데요?"

할아버지는 차를 한 모금 마시곤 말씀하셨다.

"일단 카뮈를 알아야 그걸 이해할 수 있지. 카뮈는 '부조리 문학'으로 유명했던 작가야."

"부조리 문학? 그건 또 뭐예요?"

"세상에는 정해진 정의, 법칙, 책임 따위는 없으며, 있다 해도 이해 불가능한 부조리만이 있을 뿐이다. 라는 생각을 하는 문학이지."

"딱 이 책에 어울리는 말인데요?"

"그래! 인간은 아무리 애써봐야 자신을 둘러싼 세계를 이해할 수 없고, 그리고 어떤 일을 완전하게 해낼 수도 없는, 반드시 죽기 마련인 부조리한 상태라는 거지."

"흠. 근데 그런 말을 들으니까 힘이 빠지는 것 같아요. 인간관계나 그런 것들이 의미가 없는 것 같으니까 모든 게 허무해지는 느낌이에요."

"오, 그건 안 좋은데. 허무주의에 빠지는 건 어떤 철학적 고민이던지 빠질 수 있지만, 허무주의는 좋지 않은 거란다."

"왜요?"

"그것도 차차 이야기해 보도록 하자꾸나. 허무주의는 어떤 철학적 질문이건 넘어갈 수 있으니까 말이야. 먼저 '이방인'인 뫼르소에 대해 한번 생각해 보자. 뫼르소는 왜 그런 행동을 했던 걸까?"

"음 정신병이나, 어떤 증상도 없었던 것 같은데."

"그건 아니지. 뫼르소는 그저 '사회에서 배정받은 역할' 자체를 부정한 사람이었던 거야."

"사회에서 배정받은 역할?"

"아까 부조리 문학에서 말했던 것처럼 사회에게서 배정받은 역할, 즉 정해진 정의, 법칙, 책임을 모두 부정한 거지. 그렇기에 어머니에 대한 효도, 여자 친구와의 결속에 별로 얽매이지 않았던 거야."

"너무 무책임한 사람 같아요. 그럼 이 사람은 감정이 없는 건가요?"

"그건 또 아니지. 뫼르소는 그저 자유로운 인물인 거야. 자신이 하고 싶은 욕구대로 행동하는 사람인 거지. 그렇기에 재판장에서 검사, 변호사, 피해자, 피의자 신분으로 자신이 '갇혀 있기에' 뫼르소는 고통스러워한 거야."

"음. 일반 사람의 시선이 아닌, 할아버지가 말한 사상을 가진 사람의 눈으로 봤을 때는 위화감이 느껴지지 않네요. 그래도 마지막에 신부에게 분노를 표출하는 것은 이해가 되지 않아요. 이 책에서 나오는 처음이자 마지막인 뫼르소의 격정적인 분노 표출이잖아요."

"사실 그 부분이 '이방인'의 뫼르소가 허무주의자가 아니라는 결정적인 증거란다."

"에? 그게 왜요?"

"아까 허무주의를 얘기하다 말았지? 허무주의는 절대적인 진리나 도덕, 가치 등이 존재하지 않는다는 사상이야."

"아까 카뮈의 부조리 문학과 같은 맥락 아닌가요?"

"음. 반은 맞고 반은 틀려."

"똑같은 말 같은데요?"

"극복하는 방법이 다르지."

"뭘 극복하는데요?"

"이상과 현실을 비교할 때에 허무주의는 그 고민 자체를 경멸해. 그걸 비교해 봤자 미래는 허무하게 다 무로 돌아갈 건데 왜 고민을 하냐고."

"카뮈의 부조리 문학은요?"

"카뮈의 부조리 문학은, 어찌 보면 조금 더 힘 빠지는 결론에 도달하지. 그냥 미래 같은 건 생각하지도 말고 매일 조금씩 부조리함을 느끼면서 살라고 하지."

"그래서 왜 저 장면에서 허무주의자가 아니란 게 나타나는 거죠?"

"아까 말한 것처럼 뫼르소가 만약 허무주의자였다면, 저렇게 화낼 이유가 없어. 뫼르소가 저 장면에서 화를 낸 이유는 뫼르소는 저 상황 자체가 부조리하다는 것을 깨닫고 체념한 거야, 하지만 뭣도 모르는 신부가 그 체념한 평온 상태를 깨트렸다고 보고 화를 내는 거지."

"그렇게 들으니까 이상하게 또 이해가 가네요. 근데 저한테 왜 이 책을 읽으라고 하신 거예요?"

"아까 아침에 어린 왕자에 대해 이야기하면서 사람들과의 '책임'이나 '결속'을 중요하게 여기냐고 물어봤잖니."

"네."

"카뮈의 부조리 문학을 접한, 지금은 어떤 것 같아?"

"책임이나 결속에 대해 다시 한번 생각해 봐야 할 것 같아요."

"좋아! 고민을 할 수 있는 원동력은 사상의 흔들림이야, 처음 사상이 흔들리는 것은 지진으로 여겨지지만, 배움을 거듭하며 사상이 뒤바뀌는 것을 몸소 느끼게 되면 그 과정 자체가 즐거워지게 된단다."

할아버지가 이 말을 끝내시자마자 아저씨와 아주머니가 돌아오셨다. 아주머니는 돌아오시자마자 할아버지에게 따지듯 물으셨다.

"아니 아버님, 어린애한테 이런 책을 쥐어주시면 어떡해요. 애 생각 나빠지게."

"허허, 어린 왕자 얘기를 하는데 실존주의를 궁금해 하지 뭐냐, 실존주의를 알기 위한 치료라고 생각하면 될 거야."

아저씨는 들어오셔서 바로 주방으로 들어가셨다. 저녁 시간이 훌쩍 지난 뒤에 들어오셔서 바로 밥을 준비하시는 것 같았다. 조금 뒤 밥이 나왔고 식탁에는 어김없이 나의 것도 준비되어 있었다. 밥을 보니 나는 조그만 욕심이 났다.

"저기, 할아버지. 저 여기서 조금 지내고 싶습니다."

173

"음? 집으로 돌아가지 않고, 왜?"

나는 집 사정을 있는 그대로 말씀해드렸고, 할아버지, 아저씨, 아주머니는 내 말을 묵묵히 들어주셨다. 말이 끝난 뒤 두 분이 나에게 말씀하셨다.

"그렇구나. 그런데 아버지나 어머니가 반대하시지 않겠니?"

"반대하신다고 해도, 당분간은 돌아가고 싶지 않아요."

아저씨와 아주머니는 계속 나를 설득하셨지만, 할아버지는 조용히 생각하고 계셨다. 그렇게 15분 정도 대화를 나누고 있을 때 할아버지가 입을 떼셨다.

"그럼 이렇게 하자."

시끄럽던 집안은 순식간에 조용해졌으며, 모두 할아버지에게 집중했다.

"내가 가서 아버지와 대화를 나눠 본 뒤 결정하자, 그게 제일 나은 판단인 것 같구나."

나는 할아버지를 걱정하며 말했다.

"할아버지 우리 아버지는요."

"그만! 내가 알아서 할 테니 일단 밥을 먹도록 하자."

대화를 나누기 전에는 달아 보이던 밥이 모래알 같이 씹히던 저녁이었다. 그렇게 조용히 밥을 먹고 빈방으로 가서 몸을 뉘였다. 그날따라 밤 창문에 비친 달이 슬프게도 보였다.

다음날, 날이 밝기도 전에 누군가가 나를 깨웠다. 눈을 비비고 보니 할아버지였다.

"영수야, 곧 가자꾸나."

나는 부엌으로 가 익숙한 듯 물 한잔을 마시고, 신발장에서 내 신발을 꺼냈다. 할아버지는 그런 나를 물끄러미 바라보셨다. 그렇게 우리는 내 집으로 떠났다.

집으로 가까워질 때마다 심박수는 점점 빨라지는 듯했다.

할아버지는 걱정이 되지도 않는 듯 천천히 걸어가셨다.

그렇게 우리 집 문 앞에 섰을 때 망설이는 나 대신 할아버지가 문을 열고 들어가셨다. 나는 당황하며 따라 들어갔고 집 안에는 아버지가 밥을 먹고 계셨다.

아버지는 나를 보자마자 화를 내셨다.

"손영수! 너 이리 와 봐! 네가 미쳐도 단단히 미쳤지. 외박을 해?"

노발대발하시던 아버지에게 할아버지가 조용히 말씀하셨다.

"영수 아버지 되십니까?"

옆에 계시는 할아버지를 본 아버지는 당황하시며 그렇다고 대답하셨고 할아버지는 조용하고 담담하게 아버지에게 말씀하셨다.

"혹시 실례 안 되시면 저와 대화 한 번 나눌 수 있을까요?"

아버지는 식탁을 물리시더니 할아버지와 안방에 들어가셨다. 나는 떨리는 손을 잡고 소파에 앉아 있었다.

그렇게 1시간이 지났을까, 할아버지께서 조용히 문을 열고 거실로 나오셨다. 그리고 조용히 말씀하셨다.

"영수야, 우리 집으로 가자."

나는 말없이 신발을 신고 대문을 나왔다. 할아버지 집으로 돌아오자마자 아저씨와 아주머니가 상기된 표정으로 할아버지께 여쭤

어보았다.

"아버지, 어떻게 됐어요?"

"당분간 여기서 지내도 된단다. 대신 하루에 한 번은 집에 오는 거로."

"무슨 얘기 하셨는데요?"

할아버지는 그 질문에 대답하지 않으시며 피곤하신 듯 방에 들어가 누우셨다. 아저씨는 따라 들어가 할아버지와 얘기를 하셨고 10분 뒤에 나오셨다. 아저씨는 나에게 말씀하셨다.

"읽고 싶은 책 있니?"

"네."

"일단 밥부터 먹자꾸나. 앉으렴."

"네."

나는 밥을 맛있게 먹었고, 읽고 싶은 책을 말했다.

"그래 읽고 싶은 책이 뭐니?"

"네! 저, 할아버지가 처음에 추천하셨던 책 읽고 싶습니다."

"음? 그건 어려울 텐데."

"공부해 보려고요. 그거 주세요."

나는 평생 이해할 수 없었고, 이해시킬 수도 없었고, 배울 점도 없었던 아버지를 1시간의 대화로 납득시키는 할아버지가 경이롭게 보였다. 나도 언젠가는 그렇게 어려운 상대를 아무렇지 않게 대하고 싶었다. 나는 그런 기술을 배우고 싶었다.

그렇게 나는 배웠고, 배우고 있고, 배울 것이다.

20년 뒤

나는 여전히 이 시골에 살고 있다. 할아버지는 5년 전에 돌아가셨다. 돌아가시면서 나에게 했던 말씀이 있었다.

"글에는 강단이 있어야 하고, 말에는 따뜻함이, 행동에는 냉철함이 있어야 한다. 그리고 무엇이 어떻게 되었건 너의 잘못이 아니다."

그리고 어머니는 투병하시다가 2년 전에 돌아가셨다. 어머니가 돌아가실 때는 지겨울 만큼 들었던 말을 또 들었다.

"미안하다."

아버지는 1년 전쯤에 소식이 끊겼다. 나에게 한 마지막 말이 있었지만 기억나지 않는다.

아저씨와 아주머니는 다른 나라로 공부하러 가셨다. 불교에 관심이 많았던 아저씨는 인도로, 아주머니는 그리스정교를 공부하러 러시아로 떠나셨다.

마지막으로 나는 비로소 내가 되었다. 20년 전 그 책을 받아들었던 나는 고대 철학부터 현대 철학까지 공부했다. 10년 전부터는 할아버지와 토론을 할 수 있을 정도로 성장해 있었다. 그리고 7년 전에는 아버지와 마지막 대화를 했다. 그렇게 무섭던 나의 아버지는 어느새 많이 늙어 있으셨고, 나는 내 옛 생각을 말씀드리며 아버지와 대화했다. 아버지는 묵묵히 나의 말을 들으시고는 마지막으로 어떤 말씀을 하셨다. 신기하게도 나는 그 말이 기억나지 않는다. 단지 "미안해."라는 말을 하지 않았을까 추측에 그치곤 한다.

그리고 나는 할아버지의 집을 물려받았다. 딱히 관리할 사람이 없어서, 내가 관리를 하게 되었다. 아 원래 살던 부모님의 집은 반년 전에 부동산에 올라왔다. 돈은 아버지가 이미 가져가신 듯 했고 집은 비어 있었다. 그렇게 나는 이 시골에서 할아버지가 쓰시던 낚싯대를 가지고 낚시를 하는 것을 취미로 삼았다. 낚시 바늘을 끼우고 던지는 것을 반복할 때마다 이 공간에서 내가 느꼈던 모든 감정을 되풀이하는 것이 즐거웠다. 그렇게 낚시를 하던 와중 부모님 집에 이삿짐이 들어오는 것을 보았다. 나는 물끄러미 집을 보다가 깊은 생각에 잠겼다. 갑자기 할아버지 생각이 나서 작은 조약돌을 주워 물수제비를 몇 번 떠봤다. 정신없이 조약돌을 던지다가 옆에 인기척이 느껴져 보았다.

그때 그곳에는, 그 시절 나 같은 아이가, 조용히 하늘을 바라보고 있었다. 나는 조용히 낚싯대를 들고 그 아이 옆으로 갔다. 그리고 가볍게 어깨를 두드리며 말했다.

"저기 작은 친구, 비켜줄래?"

장르
불문

정찬미

그냥 들어주세요

꿈이 뭘까? 장래 희망? 진로? 아니면 자면서 꾸는 꿈? 로망? 지금
부터 내가 말하는 꿈은 직업과 희망 사항이 아닌 자면서 꾸는 꿈이
다. 모든 사람은 꿈을 꾼다. 거의 매일. 단지 잠에서 깨어났을 때 자
신이 꾼 꿈을 기억하지 못할 뿐. 하지만 나는 다들 꾸는 꿈을 꾸지 못
한다. 기억하지 못하는 것이 아니라 진짜 꾸지 못한다. 대신 나는 남
의 꿈에 들어갈 수 있다. 즉, 다른 사람의 꿈속에 들어가 같은 꿈을

꾼다. 그 사람의 꿈에 들어가서 꿈을 바꿀 수도 있지만 될 수 있으면 하지 않는다. 왜냐하면 내가 그 사람의 꿈에 개입한다는 것은 드라마가 TV에서 방영되고 있는데 뜬금없이 캐스팅되지도 않고 촬영도 함께하지 않은 배우가 등장하는 것과 같으니까. 나는 그 사람의 드라마를 망치고 싶지 않다. 그냥 물 흐르는 대로, 예정된 장면대로 구경만 한다. 그래서 되도록 바꾸려 하지 않는다. 하지만 내가 꿈에 개입하는 경우가 가끔 있는데 그때는 이 꿈에 개입함으로써 꿈의 주인의 현생에 도움이 된다면 개입을 한다.

남의 꿈에 들어갈 수 있어 좋은 점?

음, 사람들은 자신이 평소에 바라던 것이나 좋아하는 것이 꿈에 나올 때도 있고 하루에서 가장 인상 깊었던 사건이 나오는 때도 있다. 그리고 전혀 상관이 없는 엉뚱한 꿈을 꿀 때도 있다. 이처럼 꿈의 주제는 엄청 다양하다. 그래서 좋은 점은 그 사람의 요즘이 어떠한지를 알 수 있다는 것! 운이 좋다면 꿈의 주제가 그 사람의 트라우마나 아픔과 관련되어 있어 그 사람을 위로해줄 수 있고, 즐거워하는 것과 좋아하는 것, 사랑하는 것들을 알고 비위에 잘 맞추어 줄 수도 있다. 덕분에 나는 사람을 잘 안다.

하지만 마냥 이런 능력이 좋은 것만은 아니다. 꿈의 주제 영역이 매우 넓어 내가 보고 싶지도 않은 장면들을 볼 때도 있다. 예를 들어 내가 겁이 많은데 무서운 귀신이나 괴물들이 나오는 것을 보거나 아니면 그 사람의 개인적인 프라이버시 등을 보았을 때, 그럴 때면 나도 모르게 놀라 뻔쩍 잠에서 깨어난다.

내가 꿈에 들어가는 방법?

잠자리에 들기 전, 그 사람에 대해서 생각한다. 그러면 그 사람의 꿈에 들어갈 수 있게 된다. 하지만 가끔 그렇게 되지 않을 때도 있다. 그렇게 되지 않으면 랜덤으로 아무 사람의 꿈에 들어간다. 내가 모르는 사람이어도, 길고양이의 꿈조차도 들어갈 수 있다. 만약 생각하지 않고 자면 어떻게 되냐? 이 또한 아무 사람의 꿈에 들어간다. 이런 능력을 보고 이쯤 되면 나를 불쌍히 여길 수도 있다. 매일 밤 이 일을 반복하니 잠을 제대로 못 잔다거나 피곤하거나 정신적으로 힘들지 않냐고?

그렇지 않다. 어릴 때부터 해오던 것이라 이젠 적응이 되었다. 그리고 꿈을 꾸는 것은 잠을 푹 자지 못한 것이라고 하는데, 아니다. 나에게는 푹 잔 듯한 기분이 든다. 특히 편안함이 느껴지는 꿈을 꾸었을 때는 더!

그리고 사람들이 의문을 가지는 점이 꿈을 꿀 때면 꿈이 도중에 바뀌거나 뜬금없이 주제가 바뀌는 경우가 있다고 하는데 혹시 영화 '닥터 스트레인지'를 보았는가? 그 영화의 장면 중 초반에 건물들이 막 이상하게 움직이고 시공간을 초월하는 듯한 액션 장면이 있다. 그것과 비슷하다고 생각하면 된다. 꿈속 공간이 획획 바뀐다. 자세히 말로 표현은 못하겠다. 그 공간을 바꾸는 건 내가 아닌 그 꿈의 주인이 바꾸는 것이다. 저 영화를 보면 어떤 느낌인지 대충 알 수 있다.

나는 나름 이 생활이 행복하고 좋다. 내 꿈은 아니지만, 하루하루 꿈을 꿀 때면 새로운 경험을 한 듯한 느낌이다. 그래서 내 하루의 낙은 꿈을 꾸는 것이다. 꿈을 꾸기 위해 잠을 잔다. 하루하루가 기대된다. 오늘은 어떤 사람의 어떤 꿈을 꾸게 될까?

"남에게는 당연한 것이 나에게는 특별한 것이었고, 남에게는 보편적이고 평범한 일상이 나에게는 사소하지만 내 숨통을 트이게 해준 일탈이었다. 남들은 모르는 나만의 소확행, 그게 '꿈'이었다."

펜을 들고 있는 사람

우리 반에 긍정적이고 밝은 친구가 있다. 너무 긍정적이고 밝은 이 친구에게 물어보고 싶은 것이 있다. 예전부터 봐 왔지만 넌 항상 밝아. 밝아서 좋은 데 왜 매일 밝은 거야? 고민이 있지 않아? 힘들지 않아? 네가 힘들어하는 것을 듣고 싶어. 라고. 힘들고 지친 사람들이 혼자서도 끙끙 앓다가도 사람들 앞에서는 그 모습을 숨기려고 일부러 밝은 모습을 보인다던지, 정말 그 친구의 성격일 수 있겠지만 그래도 뭔가 찜찜하다. 너무 밝게 웃는 것이 자꾸 마음에 걸린다.

친구의 꿈속에 들어갔다. 운 좋게도 이번 꿈은 이 친구의 걱정이나 두려워하는 것에 관한 꿈이라는 게 확 느껴진다. 바로 내가 궁금했던 친구의 고민이다!

옷이 가득하다. 옷들이 발 디딜 틈 없이 산을 이루고 있다. 이 친구는 지금 옷더미 속에 있다. 나는 조심스레 따라가 본다. 두려워 보인다. 이 친구는 평소에 옷을 엄청나게 좋아한다. 꿈도 모델, 패션 에디터이다. 항상 꿈이 무엇이냐고 물어보면 모델, 패션 에디터를 자랑스럽게 외쳤다. 근데 왜 이렇게 지쳐 보이는 걸까? 혼잣말이 들린다.

"맞는 걸까? 맞는 거야? 내가 이 일을 하는 것이 맞는 거겠지?"

이 말들은 내가 알던 친구의 옷에 대한 태도와 정반대이다. 고민하고 있다. 불안해한다. 예전에 친구가 나에게 이런 말을 딱 한 번한 적이 있다.

"알고 보니 모델이라는 것이 생각보다 쉽지 않은 직업이더라. 모델을 하고 싶은 사람들은 너무 많은데 그 사람들이 할 일이 없대. 모델로써 조금이라도 사람들에게 알려진다는 게 공부보다 더 어려운 것 같아. 그리고 난 이 패션 관련 직종에서 내가 잘 해낼 것이라는 확신이 없어."

또 느껴진다. 얼핏 보니 저 일에 대한 부모님의 반대도 살짝 있는 것 같다. 저 친구는 너무 착하고 작은 것에도 상처를 입는, 생각보다 순딩순딩하고 여린 친구다. 그러니 100% 부모님의 작은 말에 바늘을 깊숙이 꽂은 듯한 상처를 받았을 것이다. 친구의 심정을 보니 가슴에 수분이 없는 터벅 고구마로 가득하다. 현실적이고 위로가 되는 사이다가 필요하다. 그렇다고 내가 꿈속의 슈퍼에 가 사이다를 사 올 수는 없다. 이 친구가 스스로 꿈속에서 상상으로 사이다는 구할 만한 곳을 하나 만들어야 한다. 그렇지 않으면 이 꿈속에 사이다가 존재하지 않는다. 이럴 때는 개입하고 싶어도 개입을 할 수가 없다. 내가 할 수 있는 것은 내일 잠에서 깨어나 등교를 해서 그 친구가 원하는 사이다 같은 위로의 말로는 직접 해주는 수밖에 없다. 이런 상황을 요즘 말로 노답이라 하던가. 도움을 주고 싶어도 당장 줄 수가 없다. 저 친구의 모든 고민과 생각은 깊게 알 수 없지만, 친구도 원치 않은 답이 계속 나와 힘들어하고 있을 것이다. 그 답이 무엇인지는 모르겠지만. 꿈을 계속 지켜보자.

흠, 특별한 행동이 없다. 하는 행동이라고는 옷더미를 계속 파헤치는 것. 어? 계속 지켜보다 보니 옷더미 속에서 나가는 방법은 알고 있는 것 같다. 알고 있는데도 왜 나가지 않는 거지?

번쩍!

이런, 아침이다. 친구가 잠에서 깨어났구나. 아직 궁금증이 다 풀리지 않았지만 어쩔 수 없다. 내가 친구에게 다시 자라고 할 수도 없으니. 그리고 그 친구에게 주어야 하는 답, 사이다 말의 단서도 찾아내지 못했다. 학교에 왔다. 친구는 여전히 미소를 짓고 있다. 웃는다는 건 좋은 건데 꿈을 보고 친구를 보니 내가 이런 기분을 가져도 되는지 잘 모르겠지만 안쓰러웠다. 이런 사람들이 정말 많다. 많다는 것을 알고 자주 봐왔음에도 불구하고 느껴지는 안쓰러움은 언제나 같다. 바뀌거나 사라지지 않는다. 내가 보기엔 친구도 고민을 해결할 방법을 알고 있다. 그 고민은 해결될 것이 분명하지만 가슴 속에 고구마는 내려가지 않는다. 이때까지 사람들을 보니 대부분이 그렇더라. 답을 알고 있으니 조언을 하면 화만 키운다. 갑자기 떠올랐다. 사람을 위로할 때는 말 백 마디보다 따뜻하게 한 번 안아주는 것이 더 효과적이라는 것이 어쩌면 시원한 사이다 같은 말보다 따뜻한 우유 같은 포옹이 더 필요할 것 같다. 내가 참 힘들었던 적이 있었는데 누군가가 아무나 와서 제발 한 번만 안아 주거나 토닥여줬으면 좋겠다는 생각을 계속했었다. 지금 생각해 보면 꿈속에서 나가는 방법을 알고 있음에도 그 친구가 나가지 않던 이유는 사람의 따뜻한 팔이 옷더미밖에 없었기 때문이다. 자신을 안아줄 팔이 없으니 옷으로 자신을 계속 따뜻하게 감쌌던 것이다. 하지만 어떻게 천이 사람의 팔보다 따뜻할 수 있겠는가. 천도 온기가 있어야 따뜻해진다. 친구는 자신의 떨어져 가는 온기를 천을 통해 겨우 몸을 달구고 있었다. 이렇게 되면 나는 어떤 말을 해줘야 할지 찾지 않아도 된다. 그냥 친구를 꼬옥 안아주면 되니까!

"네가 생각하는 게 정답이 아니어도 괜찮아. 어쨌든 너는 '답'을 생각해 냈고 이 문제는 정답 없는 서술형일 뿐이야. 우리는 인생이란 문제 위에 답을 써. 펜을 들고 있는 사람은

바로 너야"

다시 한번 그 순간이 온다면

어떤 꿈은 한 편의 영화 같다. 예전에 랜덤으로 누군가의 꿈속에 들어간 적이 있다. 모르는 사람의 꿈이다. 늦은 밤 한 연인이 해변의 모래사장 위에 지어진 작은 오두막에 있었다. 한 아기를 안고. 두 사람의 아기 같았다. 여자는 아기를 품에 안고 눈물을 흘렸고 그런 여자와 아기를 곁에서 바라보던 남자는 금방이라도 터질 것 같은 눈물을 꾹꾹 참으며 여자를 꼭 감싸 안았다. 그러던 중 갑자기 누군가 쫓아오는 소리가 들렸다. 한두 명이 아닌 것 같다. 남자와 여자는 소리를 듣고 놀라 오두막을 급히 뛰쳐나갔다.

"저기 있다!! 어서 잡아라. 저 아기를 반드시 가져와야 한다."

횃불을 들고 갑옷을 입은 사람들이 두 남녀를 쫓았다. 아기를 가

져와야 한다고 말하는 것을 보니 아기를 물건으로 취급하는 것 같았다. 두 사람은 죽을힘을 다해 달렸다. 하지만 여자는 넘어졌고 사람들이 코앞까지 쫓아 왔다. 남자는 아기를 안고 있던 여자를 일으키며

"빨리 가. 반드시 이 아이를 살려야 해."

라고 말하고는 여자를 보내고 쫓아오던 사람들과 칼을 휘두르며 싸웠다. 여자는 달려가며 뒤를 살짝 돌아 남자의 마지막 모습을 보고 눈물을 흘리며 뛰었다. 여자가 도망친 곳은 모래사장의 끝에 있는 작은 산 속 사람 한 명이 겨우 지날 수 있는 좁은 틈이었다. 여자는 그 틈에 들어가 급하게 손으로 벽을 팠다. 잘 파지지도 않는 나무뿌리와 진흙을 손에 피가 나는 것도 모른 채 파내었다. 그리고 아기를 끌어안아 토닥거리며 말했다.

"미안하구나. 태어난 지 얼마 되지도 않았는데 이 어미가 이것밖에 해줄 수 있는 게 없구나. 반드시 살아 남거라. 미안하다."

여자의 두 눈에서 하염없이 눈물이 나왔고 만들어 낸 작은 공간에 아기와 은팔찌 그리고 엽서를 넣어두고 나무뿌리와 진흙으로 다시 공간을 가렸다. 그리곤 좁은 틈을 빠져나가 아기를 안고 있는 시늉을 하며 뛰어갔다.

아기가 누구이기에 사람들은 저리 악착같이 쫓아오는 것이고 왜 이 두 연인은 아기를 살리기 위해 이리도 열심히 아기를 지키는 것일까.

갑자기 장면이 바뀌었다. 이번에도 한 남녀가 있었다. 하지만 그들은 연인이 아니었으며 오두막에 있지도 않았다. 안개가 살짝 긴 날, 차를 타고 어디론가 가고 있었다. 여자는 혼잣말하듯 말했다.

"찾을 수 있을까?"

"……."

남자는 아무 말 없이 운전만 했다.

한참을 달리다 잠시 한 조개구이집의 자갈이 깔린 주차장에 세웠다. 조개구이집은 포장이 깔리지도 않은 흙길을 앞에 두고 차를 채소밭이 둘러싸고 있었다. 이런 시골에 그것도 바닷가가 아닌 채소밭 중간에 어중간히 위치한 것이 좀 뜬금없었다. 두 사람은 조개구이집으로 들어갔다. 밥을 먹으러 가는 건가. 그곳엔 손님이 보이지 않았고 안개 낀 날씨라 그런지 실내는 습하고 우중충했다. 또 아직 오픈을 하지 않았는지 불도 켜져 있지 않았다. 그리고 어떤 얼굴이 버얼건 중년의 남자가 있었다. 술을 마셨나 보다.

여자와 함께 있던 남자는 화장실을 가는지 잠시 여자의 곁은 떠났고 중년의 남자가 갑자기 아무 말 없이 웃음을 히죽 지으며 여자를 뚫어져라 쳐다보았다. 여자는 당황했고 느낌이 싸했다. 남자가 조금씩 다가왔다. 여자는 남자를 아무렇지 않은 척 피했지만 남자는 계속해서 웃음 지으며 따라왔다. 여자는 조금씩 속도를 내었다. 계속 따라왔다. 그의 눈길은 무언가에 홀린 듯 여자를 벗어나지 않았다. 빠른 걸음으로 도망을 쳤지만 남자는 점점 더 가까이 왔다. 여자는 어두컴컴한 조개구이집에서 계속 도망을 쳤고 심장이 쿵쾅쿵쾅 쿵쾅 빠르게 뛰기 시작했다. 도망을 치다 한 방의 구석에 여자는 몰리게 되었다. 남자가 눈앞에 바로 있었다. 남자의 표정은 어느 새 웃음기가 싹 빠져 섬뜩하게 여자를 눈도 깜빡이지 않고 쳐다봤다. 여자의 몸이 덜덜 떨렸다. 그 순간 갑자기 밖에서 커다란 은쟁반이 떨어지는 소리가 났고 남자가 놀라 잠시 한눈을 판 사이에 여자는 남자를 있는 힘껏 밀쳐 넘어뜨리고 도망쳤다. 그렇게 도망친 곳은 부엌이었고 부엌에 있는 밖으로 통하는 문으로 뛰쳐나왔다. 밖으로 나오니 한 아저씨가 수산물 트럭에 가득 실린 조개를 씻고 있었다. 은쟁반 떨어지는 소리는 저 아저씨가 낸 듯했다. 여자는 안도의 한숨을 내쉬었고 잠시 자리를 떠났던 남자가 돌아와 함께 다시 차에 타려 했다. 그런데 어떤 '나 홀로 집에' 영화에 나오는 도둑 듀오 같은 두 사람이 다가와 말을 건네었다.

"혹시 요 근방 한 20분 거리에 있는 바닷가에 가는강? 미안하지만 함께 갈 수 없겠는공?"

두 남녀는 흔쾌히 수락을 하고 차에 올랐다. 여자가 물었다.

"그 바닷가에는 왜 가시나요?"

"뭘 좀 찾아야 하는 것이 있다네."

"무얼 찾으시는데요?"

"그건 몰라도 된다네."

이 이후로 정적이 흘렀고 네 사람의 대화는 더 이상 오가지 않았다.

시간이 지나 초저녁이 되었고 바닷가에 차가 세워졌다. 각자 자신이 찾아야 하는 것을 향해 걸어가는데 왠지 모르게 네 사람은 같은 곳으로 가는 것 같았다. 갑자기 비가 내리기 시작했다. 추적추적 젖어가는 모래사장을 한참 걷다 갑자기 키 작은 남자가 품에서 총을 꺼내 남녀를 향해 겨누었다. 이를 눈치를 챈 남자는 여자를 밀치며 소리쳤다.

"빨리 가! 빨리! 나는 괜찮으니까 빨리! 뛰어!"

여자는 달리기 시작했고 남자는 도둑 듀오를 제압하려 했다. 손에 든 총을 쳐내고 싸우기 시작했다. 하지만 2대 1로 싸우기엔 역부족이었다. 결국 남자는 넘어졌고, 도둑 듀오는 넘어진 남자를 마구 짓밟았다. 키 큰 남자가 떨어진 총을 주워 다시 여자를 쏘려 총을 겨누었다. 그때 쓰러져 있던 남자가 때리고 있던 키 작은 남자의 얼굴을 발로 차고 겨우 일어나 키 큰 남자를 때렸다. 하지만 도둑 듀오는 다시 남자를 넘어뜨려 마구 때리기 시작했다. 남자의 온몸은 모래와 피로 범벅이 되었고 남자는 얕은 숨을 내쉬었다.

"허… 헉…"

숨이 조금씩 멎어갔지만 이대로는 여자가 죽겠다는 생각이 들어 입에서 피를 뚝뚝 흘리며 혼신의 힘을 다해 총을 잡아 바다로 던져 버리고 털썩 쓰러졌다. 총이 없어진 도둑 듀오는 여자를 잡으러 달려갔다.

해가 다 지고 천둥 번개가 쳤고 도망치던 여자는 모래사장 끝에 있는 작은 산, 좁은 틈에 들어갔다. 비가 내리는데다가 해까지 져 눈앞이 잘 보이지 않았다. 여자는 숨을 헐떡이며 급하게 틈의 벽을 마구 헤집었다. 비로 젖어 있던 그녀의 얼굴은 곧 눈물로 적셔졌다. 비

가 와 벽의 진흙은 더욱더 질척해졌다. 여자는 더욱 마음이 급해졌다. 하지만 아무것도 잡히는 것이 없었고 여자가 크게 울음을 터뜨리며 허탈해 하고 있을 때 마침내 그녀의 오른손이 어딘가로 푹 들어갔다. 드디어 어떤 공간을 찾아내었고 그곳에서 뭔가에 끌린 듯이 은팔찌가 그녀의 손에 탁 잡혔다. 은팔찌를 잡는 순간 그 손에는 전율이 찌리리리릿 하고 느껴졌다. 그리고 내 눈이 탁 떠졌다. 눈을 뜨고 나는 숨

을 헐떡이고 있었고 식은땀이 살짝 났다. 매우 놀랐다. 너무 놀랐다. 왜냐하면 그녀가 은팔찌를 잡는 동시에 내 오른손도 꽉 움켜쥐게 되고 나에게도 그 전율이 느껴졌다. 쥐가 난 게 아니었다. 쥐가 난 것처럼 저릿저릿 하지 않고 진짜 전율이라는 것이 나에게까지 느껴졌다. 내가 직접 온몸으로 그 상황을 겪은 것 같았다. 나는 넋이 나간 채로 천장을 바라보며 꿈을 다시 되새겨보았다. 그러는 와중에도 아직 손이 찌리릿 했다. 그러고는 한참을 멍하니 있다가 일어났다. 다행히도 일어나니 토요일이었다. 그 꿈은 지금 생각해도 놀라웠다. 색다른, 진짜 영화 같은 꿈이었다. 그 뒷이야기가 궁금하다. 아쉽다 아쉬워.

"항상 처음 경험하는 것은 그 시간이 그렇게 길게 느껴지는데 다시 한번 경험하면 그 시간이 참 짧게 느껴지더라. 그래서 다시 한번 그 순간이 온다면 그 기억을 놓치지 않으려 최대한 시각, 촉각, 청각, 후각, 미각으로 느끼고 머릿속에 저장을 해. 이 세상 끝에 남는 건 결국 아쉬움과 후회뿐이고……."

아무 일도 없었어

초등학교 하면 생각나는 항상 있는 필수 숙제, 방학일 때면 최소 10편은 있어야 하고, 오만가지 잡다한 얘기와 TMI가 난무하는 곳. 그리고 없던 일도 만들어낼 수 있는 이때까지 몰랐던 나의 잠재력을 일깨워주는 마법의 이야기. 바로 일기! 초등학교 다닐 때는 진짜 왜 쓰는지

도무지 이해가 안 갔고 쓰기 싫어서 간단한 얘기만 적고 나머지 칸은 그림으로 다 채워 버렸었는데 지금은 쓰려 해도 겨우 3일 정도만 지속이 되어 작심삼일 일기로 바뀐다. 하지만 주위를 둘러보며 일기를 쓴다는 사람들이 꽤 있다. 그 사람들의 말을 들어보면 일기가 막 쓰고 싶어진다. '일기를 매일 매일 쓰고 쓴 일기들을 모아보면 정말 뿌듯해', '나는 일기 쓰는 거 정말 추천해. 나중에 읽어 보면 그때 일들이 모두 기억이 나고 그 추억이 새록새록 떠올라서 너무 좋아' 등등. 이 얘기를 듣고 그날 밤 일기를 한번 쓰고 잠을 자고 일어나면 아 귀찮다. 다음에 쓰자. 해놓고 다음 날이 되면 언제 그런 다짐을 했냐는 듯 까먹어 버리는 슬프고도 게을러 먹은 나의 현실… 나는 글렀다…

베르나르 베르베르를 아는가? 그는 말했다. 자신이 쓴 책의 아이디어들은 다 꿈에서 나온다고, 그가 매일 자고 일어나서 가장 먼저 하는 일은 그날 꾼 꿈을 기억나는 대로 적어 놓는 것이라고. 이것을 듣고 나는 '나도 내가 꾼 꿈들을 매일매일 일기로 써볼까?' 생각했지만 응. 아니야.

(아래 이야기는 일기에 대한 결론 말하기 위한 밑밥 깔기와 동시에 사회 선생님께 팬심을 표하는 서론이다)

나의 현재 진로 중에는 중고등학교 사회 교사가 있다. 그 꿈을 가지게 된 이유가 있다. 바로 내가 중학교 때 사회 선생님을 보고 이 꿈을 가지게 되었다. 나는 그 선생님이 너무 멋있고 좋았다. 교사로 돈을 벌어 방학마다 여행을 다니시고 수업도 너무 잘 하셨다. 목소리도 너무 좋으시고 또박또박 말도 잘하시고 약간의 유머 감각도 있으셨다. 여기서 선생님이 더 멋있어 보이고 내가 사회 교사를 진로로 생각하게 된 결정타가 있다.

당시 나는 교실에서 복도 쪽 맨 앞자리에 앉아 있었다. 어느 날 사회 선생님이 수업을 들어오셨고 수업 도중 갑자기 내 짝꿍이 귓속말로

"야, 선생님 저기 왼쪽 발목 쪽에 잘 봐봐! 거기에 타투가 있어…!"

What?!

그 이후로 우리는 선생님의 발목만 쳐다보았다.

아주 뚫어져라!

하지만 잘 보이지 않았다. 선생님이 긴 바지를 입으셔서 선생님이 걸을 때 바지가 살짝 올라갈 때!

오직 딱 그때만 볼 수 있는 희귀한 기회였다. 우리는 선생님이 걷기만을 기다렸다. 그때 선생님이 걸음을 몇 걸음 걸으셨고 나는 못 보았지만 내 짝꿍은 보았다.

어떤 모양이냐!

겨울나무였다!

툰드라 지역에 있을 뻔한 트리같이 생긴 겨울나무!

와아, 너무 멋지다. 그 나무는 선생님의 아킬레스건과 복숭아뼈 사이에 아주 멋있고 쪼꼬만하게 자리 잡고 있었다. 걸을 때 살짝씩 슬쩍슬쩍 보이는 게 너무 멋있었다. 나는 타투를 그렇게 좋아하지 않는데 막 건달처럼 커다랗게 있지 않고 작고 멋있게 있는 선생님의 타투가 내 생각을 바꾸었다. 타투를 저렇게 하니까 엄청 매력이 있구나.

그 이후 한 날은 선생님의 꿈에 들어가게 되었다. 꿈은 그다지 특별하지는 않았다. 그냥 선생님이 친구분이랑 집에서 치킨을 먹고 계신 꿈이었다. 치킨을 먹고 갑자기 뜬금없이 (뭐 항상 꿈들은 다 뜬금

없지만) 눈 덮인 산을 등산하는 꿈이었다. 나도 몰래 따라갔다. 그 산의 정상에 딱 도착해서 선생님과 친구분이 벤치에 앉아 풍경을 바라보고 있었다. 그때 선생님 친구분이 한 말이 기억에 남는다.

"내가 한 스무 살 때부터 일기를 쭉 써오고 있는데 어떤 날은 일기를 쓰려는데 아무 일도 없었던 거야. 딱히 생각나는 상황이 하나도 없더라구. 한참 동안 멍하니 생각하다 보니 이런 생각이 드는 거야. 아무 일도 없었다는 건 어쩌면 행복일지도 몰라. 살다가 보면 평범하게 산다는 게 그렇게 어렵더라. 나 빼고 모두 다 알차게 잘 사는 것 같은 기분이 들 때가 있어. 근데 아무 일도 없었다는 것이 어쩌면 제일 좋은 것일지도 몰라. 꼭 어떤 일이 있어야 한다는 강박감이 아닐까? 어쩌면 정말 의미 있는 하루가 아니었을까?"

라고 말씀하셨다.

와, 정말 공감이 되었다. 하루하루가 정말 다양한 의미로 특별한데 그 속에서도 아무 일도 없는 것 또한 정말 특별한 거구나. 다들 평범하게 잘 사는데 왜 나만 이렇게 힘들지? 이런 생각할 때가 모두 있을 것이다. 정말 저 말이 맞았다. 아무 일도 없었다는 것도 참 감사한 일이었어. 사회 선생님은 친구도 멋지시네. 나도 저런 멋진 말을 해보고 싶었다. 저 말이 사회 선생님의 기억에는 없을 수도 있지만 나는 꿈속 일들을 다 알기 때문에 엄청 기억에 남는, 머릿속에 콕 박힌 말이었다.

"슬픔이 있어서 행복이 있는 거야. 인생이 처음부터 끝까지 행복한 게, 그게 뭐 행복이니. 많은 슬픔 중에서 마침내 행복이 찾아 왔을 때가 진짜 행복한 거야. 지금 많이 슬프면 다음에는 많이 행복하겠지?"

상상도 못한 정체 ㄴOoO ㄱ

그날은 내가 아는 친한 동생의 꿈속에 들어갔다. 동생은 약간 4차원에, 상상력이 아주 풍부한 아이이다. 그리고 하나 더! 너어무 웃긴 친구이다. 하는 행동 하나하나를 그냥 보기만 해도 웃긴 그런 사람. 이런 아이의 꿈속은 어떨까?

아니나 다를까 스토리가 심상치 않다. 시작은 일단 옷 가게에서 시작한다. 옷 가게에는 엄청나게 많은 종류에 옷이 있다. 이 가게 내가 홀라당 가지고 싶다. 허허허 딸랑~ 문이 열린다. 그리고는 한 백발의 깔끔한 수트를 빼입은 늙은 신사가 들어와 그 친구와 이야기를 나눈다.

"이 가게 이제 너 가지거라."

우왓! 좋겠다!!! 저 할아버지는 친구네 할아버지인가? 하여튼 이곳은 원래 저 할아버지의 가게인 것 같다. 이제 나이가 좀 있으셔서 저 친구에게 가게를 물려주려는 건가. 일단 부러웠다.

친구는 가게에 있는 옷들로 싹 옷을 갈아입고 어디론가 가고 있다. 조그마한 시장을 지나 한 골목으로 간다. 도대체 어디를 가려는 걸까? 따라가면서 주위를 둘러보니 느낌이 약간 80년대, 90년대 복고 느낌이 물씬 난다. '응답하라 1988' 드라마 속에 들어온 것 같다. 친구를 계속 따라갔다. 저벅저벅.

그러다 도착한 곳은 한 작은 상가건물 3층에 있는 피자집이었다. 벽은 하얀 타일에 살짝 빛바랜 느낌의 조그마한 빨간 타일이 중간중간 들어가 무늬를 이루고 있고, 바닥도 역시 하얀색인데 벽타일보다 큰 타일로 되어 있었다. 그리고 빨간색 원형 테이블에 제대로 닦아지지 않은 빵 부스러기와 소스 자국, 살짝 찢어진 버건디 색 가죽 소파. 그리 깔끔한 가게는 아니었지만 나름 정감 있었다.

이 가게는 한 아주머니와 아들이 운영하는 피자가게였다. 친구는 자리에 앉아 페퍼로니 피자를 먹었고 나는 몰래 구경을 하며 입맛을 쩌릅 다셨다.

자리를 채우고 있던 손님들이 모두 가고 그 친구만 남았을 때 갑자기 붉은 빛이 깜빡깜빡 가게를 채웠다. 그리고는 경보음이 울렸다.

"삐입- 삐입- 삐입- 삐입- 삐입-…"

뭐지?! 하지만 더 당황할 겨를도 없이 곧바로 건물이 흔들렸다. 가게 주방을 보니 주방이 갑자기 무슨 비행기 조종실처럼 바뀌어 있었고 가게 아주머니 아들이 조종실로 들어가 시동을 걸더니 건물의 진동이 더욱 심해졌다. 친구는 계속되는 진동에 넘어졌고 그 후 건물이 푸슈우우우웅- 하고 날아올랐다. 그리고는 어디론가 빠르게 날아가기 시작했다. 나는 조종실로 기어갔다. 조종실 창문을 통해 보이는 풍경은 부딪힐 듯 말 듯 높은 건물들 사이를 슈웅슈웅 아슬아슬하게 빠른 속도로 날아가고 있는 모습이었다. 이러다가 번쩍이는 건물들에 부딪히면 유리들이 와장창 깨지겠지. 간이 후달달 떨렸다. 하지만 아들의 건물 조종 실력은 예사롭지 않았다. 아주 그냥 게임을 하듯 건물 사이사이를 잘도 피했다.

'어? 근데 이상한 게 80, 90년대 아니었나? 왜 번쩍이는 건물들이 나오는 거지? 에이 몰라! 무서워 죽겠는걸.'

나는 조종실에 주저앉아 의자 다리를 끌어안고 눈을 찔끔 감았다. 롤러코스터 한 번 타고 기절할 뻔한 나에게는 엄청난 공포였다.

잠시 후 잘도 날아가던 건물이 멈춘 곳은 8차선 도로 한가운데 였고 건물 밑에는 엄청나게 많은 차들이 명절에 고속도로처럼 꽉 막혀 있었다. 그리고는 그사이에 보이는 것은. 노란색 쟁반이 아니라 피, 피자?!? 엥?? 대왕 피자다!! 그것도 페퍼로니 피자!!! 그 대왕 피자는 거미 같은 길고 얇은 다리 4개를 비좁은 차들 사이사이에 두고는 동

그란 그늘을 만들며 쿵…쿵… 걸어가고 있었다. 아들이 조종실 버튼 몇 개를 탁 탁 누르더니 건물에서 거대한 나이프와 포크가 나왔다. 아들은 조종을 하여 포크로 피자 괴물 찌르려고 달려들었다. 나는 충격에 피자 괴물을 입을 벌린 채 구경하다가 갑작스러운 빠른 움직임에 우당탕 넘어졌다. 건물은 피자 괴물과의 격렬한 사투로 빠르게 요동쳤고 나뿐만 아니라 친구도 조종실에서 튕겨 나와 가게 이곳저곳에 엉덩방아를 찍고 다녔다.

마침내 괴물은 포크로 제압당하였고 아들은 나이프로 피자를 댕강 썰어버리고는 아무 일도 아니었다는 듯이 썰린 피자를 챙겨 다시 제자리로 돌아갔다. 순식간에 상황이 마무리되었다. 나는 어안이 벙벙했다. 꿈이라지만 너무 생생했다. 나는 허탈해서 꾸역꾸역 넘어진 의자 하나를 세워 털썩 주저앉았다. 그렇게 멍을 때리던 도중 문득 생각이 들었다.

'그렇다면 설마 이 가게에서 파는 피자가 저 괴물? 또잉. 우웩…'

하지만 다시 생각해 보면 피자는 꽤 냄새도 좋고 맛있는 피자였다. 어찌 됐든 맛있으면 된 거지. 내가 이렇게 생각에 잠겨 있을 때 아주

머니가 갓 잡은 피자를 친구에게 내어주었다. 갓 잡은 피자라니⋯ 표현이 좀 웃기지만 이렇게 표현하는 것이 맞다. 활어회 같은 싱싱한 피자. 아무리 생각해도 뭔가 이상하고 웃기기도 하고. 조금 당황스러웠지만, 꽤 재미있는 꿈인 것 같다. 아 그리고 피자 괴물은 징그럽게 생기지 않았다. 아주 귀엽게 생긴 피자 괴물이었다.

"항상 그래. 내가 상상한 건 절대로 이루어지지 않아. 예상, 예측 절대 불가. 좌충우돌 우당탕탕 이리저리 마이 라잎. 그걸 알아도 항상 나는 무언갈 또 바라고 오늘도 김칫국을 마시지.(호로록)"

나 너한테 뭐 좀 팔려구

같은 학교 친구 중에 나와 7년지기 친구가 있다. 그 친구는 요즘 사랑에 빠져 있는 중이다. 그것도 첫사랑. 그것도 짝사랑에 폭 빠져 있다. 짝사랑을 받는 상대도 같은 학교이다. 그것도 동갑이 아닌 한 학년 선배! 친구는 그 선배를 좋아한 지 한 1년 정도 되었다.

나는 그 사실을 어떻게 알았냐 하면 1년 전 우리는 입학을 했고 나와 친구는 그때 처음 만나 친해졌다. 마침 등교할 때 타는 버스도 같아 더 빨리 친해졌다. 우리가 타는 버스는 우리 학교 학생들이 꽤 많이 타는 버스였다. 내가 먼저 버스를 타고 두 정거장을 지나면 친구가 버스에 탔다. 한 날, 나는 버스 맨 뒷자리에 앉아 있었고 두 정거장이 지나고 친구가 탈 때 버스에는 사람들이 꽤 있어서 친구는 내가 있는 쪽으로 오지 못하고 서 있었다. 버스는 가면 갈수록 사람이 늘었고 친구는 계속 손잡이 하나만을 의지한 채 서 있었다. 그때 버스가 급정거를 하면서 서 있던 친구의 몸은 앞으로 크게 휘청했다. 그 순간 넘어질 뻔한 친구를 누군가가 잡아주었다. 얼굴은 못 보았지만 같은 학년은 아닌 것 같았다.

그리고 여름, 매미가 조금씩 울기 시작한 때였다. 그 친구의 꿈속에 들어갔다. 꿈속에서 친구는 학교 종이 울렸는데도 반에 돌아가지 않고 복도에서 유리창을 사이에 두고 계속 다른 반 안을 바라보고 있는 모습이 보였다. 나는 친구가 도대체 무얼 보았길래 저렇게 눈동자가 초롱초롱하고 꿀이 뚜욱뚜욱 떨어지는 거지? 궁금해 나도 반 안을 슬쩍 보았다. 다름이 아니라 친구의 시선 끝에는 한 남학생이 있었다. '뭐야. 좋아하는 건가?' 하고는 그냥 넘어갔다. 그리고 그날 학교에 갔다. 그런데 쉬는 시간, 내 옆에서 감자칩을 먹고 있던 친구가 손에 들었던 칩을 바닥에 툭 떨어뜨리고 얼굴이 빨갛게 달아올랐다. 나는 얘 갑자기 왜 이러지 하면서 친구가 보는 곳을 보았는데 친구 꿈에서 봤던 남학생이 있었다. 꿈속에 있던 남학생은 친구가 만들어낸 상상 속 인물이 아니라 실존 인물이었다. 그렇다는 것은 진짜 좋아하는 사람이 있다는 것이었다. 그 선배는 학교행사 관련해서 안내를 하러 온 것이다. 그렇게 안내를 하고는 바람처럼 사라졌고 친구의 얼굴은 곧 터질 것 같았다.

나는 친구 어깨를 잡고 흔들면서 말했다.

"야야야 숨겨. 숨겨. 정신 차려! 갔다구!"

친구는 숨을 푸욱 내쉬며 말했다.

"푸우우… 뭐야. 나 방금 숨 안 쉰 거야? 근데 너는 어떻게 알았냐? 내가 저 선배 좋아하는 거."

"뭐래. 딱 봐도 티 나는구먼. 좋아한 지 얼마 안 됐구나? 쫘식 다 컸네? 짝사랑도 할 줄 알고. 너의 첫사랑 무한 응원이다 ^^."

"음? 야! 조용히 해! 너만 알고 있어야 해. 잇츠 마이 씨끄릿! 쉿!"

그렇게 친구의 본격적인 짝사랑은 시작되었다. 또 한 날은 등굣길 버스가 또다시 만원이었다. 그때처럼 친구는 내 쪽으로 오지 못했고 그렇게 버스를 타고 가는데 친구 옆에 그 선배가 있었다. 아! 그럼 친구가 그날 버스에서 휘청일 때 잡아준 다른 학년 남자는 저 선배였던 것이고 그때 친구가 선배를 존재를 알게 되고 반한 것인가?! 그렇다. 그렇다. 끄덕끄덕.

그 선배는 사진부 부장이었다. 일주일에 한 번 점심시간마다 사진부는 학교 이곳저곳을 돌아다니며 학생들의 일상을 카메라에 담는 활동을 하였다. 이때를 놓치지 않고 친구는 그 선배를 몰래몰래 따라다녔다. 한 날은 선배가 운동장에서 축구 경기를 하는 남자애들이랑 풍경 사진들을 찍고 있었다. 나는 친구한테 억지로 끌려가 학교 스탠드에 함께 앉아 있었다. 그러다 갑자기 친구가 한눈을 판 사이 선배가 우리에게 다가와 말을 걸었다.

"저기 혹시 제가 사진 몇 장 찍어도 될까요?"

나는 아무 말을 하지 않고 친구에게 대답할 기회를 주었다. 그런데 친구는 얼음이 되어 움직이지를 않았다. 내가 톡톡 치며 대답하라고 사인을 보냈지만, 얼음은 풀리지 않았다.

"저기, 불편하면 찍지 않아도 돼요."

친구가 계속 대답을 하지 않아 어쩔 수 없이 내가 대답했다.

"아뇨. 아뇨. 찍어주세요. 찍어주세요."

선배는 카메라를 들었고 나는 자연스럽게 웃으며 브이를 했다. 두세 장 정도 사진이 찍히고 선배는 고맙다고 인사를 하며 자리를 떠났다. 옆에 있던 친구를 보니 또 얼굴이 터질 것 같이 빨갛게 달아올랐다.

"야야야. 정신 차려! 숨 좀 셔."

그렇게 다음 주 월요일이 되었다. 2층 사진부 게시판에 저번 주 사진들이 몇 장 올라와 있었다. 친구와 게시판으로 가 사진을 구경하는데 웬걸. 우리 사진이 있었다. 사진 속에 나는 나쁘지 않게 찍혀 있었지만 내 옆에 친구는 고장 난 로봇인 마냥 찍혀 있었다.

"푸하하하. 야, 너 어떡해. 저 사진 선배가 당연히 봤을 텐데. 크크큭."

친구는 나를 잡고 흔들며 말했다.

"끼야아아악!! 안 돼… 안 돼! 나 왜 저래. 아 나 어떡해. 아 난 몰라. 아 나 진짜 어떡해. 선배가 다 봤을 텐데. 선배가 얼마나 웃었을까? 으아아앙!"

친구는 얼굴을 가리며 반으로 뛰쳐 갔다. 나도 친구를 따라 반으로 갔다. 친구는 자리에 앉아 담요를 덮어쓰고 훌쩍였다. 친구는 그 주 점심시간에는 선배를 따라다니지 않고 반에만 있었다. 그 다음 주 우리 사진이 게시판에서 내려가고 새로운 사진들이 올라왔다. 그리고는 친구의 짝사랑은 다시 시작되었다. 아침에 새로운 사진을 붙이고 올라온 우리 반 사진부 친구가 우리 사진을 주었다. 가지고 가라고. 원래 주지 않고 사진부 앨범에 올라가는 건데 부장 선배가 이거 너희 가져다주라고 시켰다고 한다.

나는 그 사진을 보고 친구에게 물었다.

"이거 너 가지고 갈래?"

"아니, 부끄러워서 못 보겠어. 너 가져."

"진짜? 그 선배가 찍어주신 건데도?"

"어. 너 가져."

"엥? 그래그래. 내가 가짐. 필요하면 말하셈."

나는 그 사진을 다시 사진부에 가져다줄까도 생각했지만 친구가 다시 필요하다고 할 수도 있으니 그냥 가지고 있었다. 그렇게 여름이 지나고 가을이 되었다. 친구의 짝사랑은 한 걸음씩 발전해 선배와 SNS 맞팔로우까지 성공을 하였다. 하지만 아직 인사도 못해 보고 연락도 해보지 못한 상태였다. 그래도 부끄러움이 많은 친구에게는 축제를 벌일 만한 일이었다. 하지만 선배가 이사를 간 건지 버스에서 모습이 보이지 않기 시작했고, 친구와 선배는 부딪히는 일이 잦아졌다.

다시 한 걸음 더 발전하게 된 때는 겨울이 된 크리스마스이브 때 있는 학교 축제에서였다. 사진부는 산타 옷을 입고 학교 곳곳을 다니며 가위바위보를 하여 세 판을 이기면 폴라로이드 사진을 찍어주는 이벤트를 하였고 친구는 갑자기 뜬금없는 용기를 내어 그 선배에게 혼자 성큼 다가가 말했다.

"저기요! 저도 가위바위보 할래요!"

"어? 아, 네네 알겠어요. 세 판 이기시면 사진 찍어 드릴게요."

친구의 두근두근 가위바위보가 시작되었다.

첫 판은 친구가 승, 두 번째, 세 번째는 선배가 승, 그리고 네 번째

판은 친구가 이겼다. 그리고 마지막 판. 막상막하의 대결이 이어지고 그 결과는?! 아, 안타깝게도 친구가 져 버렸다. 친구는 한숨을 푸욱 내쉬었다. 용기를 내어 드디어 먼저 말을 걸었건만. 결과가… 그러던 순간! 선배가 고개를 떨구고 있던 친구를 톡톡 치며

"그냥 한 번 봐줄게요. 그 대신 비밀이에요. 알겠죠? 친구 너무 귀여워서 봐준 거예요. 고개 들고 포즈 취해 봐요. 같이 온 친구랑 찍을 거예요?"

선배는 피식 웃었다. 몇 걸음 뒤에서 지켜보던 나는 말했다.

"아뇨. 아뇨. 저 친구만 찍어주세요. 야! 정신 차리고 어서 포즈 취해!"

친구는 멍하니 선배를 바라보고 있었다.

"ㅇ…어…엉? 아…아 알겠어. 찍어주세요."

친구는 머리카락을 귀 뒤로 넘기고 살짝 웃음을 지었다. 찰칵! 폴라로이드 사진이 나오고 선배는 친구에게 물었다.

"몇 학년 몇 반이에요?"

"1학년 3반이요."

"아, 그래요? 미안한데 내가 여름에 사진 찍어줬던 거 기억나요? 그때 사진 찍어도 되냐고 물어보기 전에 친구랑 앉아 있는 모습이 예뻐서 몇 장 찍었는데 그 사진 사진부 동아리 방에 와서 찾아가요. 그때 몰래 찍은 거 미안해요. 찾아가요. 예쁘게 찍혔어요."

"아왓, 괜찮아요. 사진이 잘 찍혔으면 된 거죠. 나쁜 의도로 찍으신 거 아니잖아요! 축제 끝나고 갈게요. 감사합니다!"

친구는 얼굴이 복숭아가 되어 내 팔을 끌어당기며 빠르게 걸어갔다.

"오오, 드디어 대화했네? 너의 이번 연도 버킷리스트 아니었냐? 꿈은 이루어진다!"

친구는 계단을 올라가다 털썩 주저앉았다.

"후하후하, 그 선배가 귀엽다고 한 거 들었니?! 예쁘다고 한 거 들었니?! 끼약 어떡해. 너무 떨렸어. 심장 터질 뻔한 거 겨우 참았다."

축제가 끝나고 사진을 찾으러 가야 했지만 나와 친구는 가는 것을 까먹어 버렸고 12월이 지나고 겨울 방학이 되기까지 그 선배와는 마주칠 일이 생기지 않았다. 친구는 그동안 살짝 지친 건지 짝사랑 소식이 뜸해졌다.

그렇게 겨울, 봄 방학이 지나고 우리는 2학년이 되었고 선배는 3학년이 되었다.

벚꽃이 길거리에 활짝 활짝 피기 시작했고 우리 학교도 벚꽃이 만개했다. 우리는 벚꽃을 구경하기 위해 점심시간마다 운동장 산책을 하였다. 나는 산책을 하며 물었다.

"너 지금은 그 선배 안 좋아해?"

"아니, 좋아해. 아주 많이."

"근데 왜 요즘 안 좋아하는 것 같지?"

"마음은 변한 게 없는데 선배한테 근래에 여자가 생긴 것 같기도 하고, 솔직히 말하면 사실 좀 지쳤어. 좋아하는 거. 내가 끈기가 없어서 그런 건지는 몰라도 계속 뭔가 선배랑 나는 아닌 건가 싶기도 하고. 확신이 안 서. 그냥 좀 그래. 아 잘 모르겠다. 종 치겠다. 가자!"

친구는 지쳐 있었다. 봄방학 때 한 번 친구 꿈에 들어간 적이 있었는데 그때만 해도 꿈이 그 선배에게 고백 받는 장면이었다. 그래서 나는 아직 많이 좋아하는구나 했지만 지치는 건 한순간인 것 같다.

그렇게 3월이 가고 4월이 시작될 때, 갑자기 선배가 우리 반 앞으로 찾아와서 친구를 찾았다. 친구는 선배의 부름에 복도로 나갔고 나는 몰래 따라가 보았다. 두 사람은 사람이 없는 계단에서 말을 했다.

"안녕. 오랜만이에요."

"아, 네. 안녕하세요."

"작년 9월쯤 내가 친척 집에 가서 살 게 돼서 같은 버스도 계속 못 타고, 그리고 축제 때였나? 그때 보고 마주할 일이 잘 없었네요. 그날 내가 사진 찾으러 오라 했는데 기억나요? 이거 주려고 왔어요. 받아요."

친구는 사진을 받아들었다. 그리고 선배가 말했다.

"폴라로이드 사진은 안 봐요? 빨리 봐봐요."

친구는 폴라로이드 사진을 보더니, 울음이 터졌다. 나중에 알고 보니 사진 옆 흰 부분에 '좋아해요. 나랑 사귈래요?'라고 적혀 있었다. 친구는 훌쩍이며 말했다.

"선배, 여자친구 있는 거 아니었어요?"

선배는 살짝 미소를 지으면서 말했다.

"아니었어요."

"선배, 이제 고…고등…학교 3학년인데… 공부… 해야 하잖아요."

"그래서. 안 사귈 거예요?"

"아… 어. 그건 아닌데."

"에이, 괜찮아요. 대신 8월달쯤부터는 살짝 못 만날 수도 있는데. 그래도 돼요?"

"네, 네."

"동의한 거네요? 그럼 일단 수업 열심히 듣고 같이 하교해요. 기다릴게요."

그렇게 친구의 짝사랑이 끝나고 새로운 사랑이 시작되었다. 아, 그리고 알고 보니 선배도 친구가 버스에서 휘청했던 날부터 좋아했고 자기도 부끄럼이 좀 많아 사진 이렇게 주는 것도 엄청 고민했다고 한다.

"- 나 지금 너한테 뭐 좀 팔려구.

- 음? 뭐 팔 건데??

- 한 눈."

쉬어가는 집

양원지

나비다._경남의 방언으로 '누비다'이다.

이리저리 거리낌 없이 마구 날아다니는 나비로 세상을 채워보자.

오늘 해야 할 일

□ 화단에 물 주기
□ 고양이들 밥 주기
□ 청소하기
□ 손님맞이
□ 빵 굽기

내가 할 수 있는 최선을 다하기!

이제 화월이에게 모터가 달렸다. 오늘도 자신의 힘이 다할 때까지 달린다. 가장 먼저 할 일은 화단에 물 주기. 화월이의 집 앞은 작은 정원이 있는데 그곳은 화월이가 가장 아끼고 정성들이는 곳이다. 그때 보조이자 친구인 연지가 출근했다.

"화월, 좋은 아침!"

"좋은 아침, 연지!"

콧노래를 부르며 연지와 함께 물을 주고 있을 때 까만 고양이 로이가 자신의 친구들을 데리고 온다.

"로이! 좋은 아침이야!"

로이는 좋아서 화월이의 주변에서 뒹군다. 아, 이건 로이만의 인사 방법이다. 로이는 길을 떠돌아다니다 화월이를 만났다. 그 후 화월이의 옆에서 기쁠 때나 슬플 때 함께 해주는 아주 영리한 고양이이다.

"허허, 화월 씨! 좋은 아침입니다."

"어머, 할아버지! 좋은 아침이에요!"

"암, 그렇고말고. 그나저나 어제 부러진 문은 어떻게 됐어?"

"아하하… 좀 도와주실 수 있나요?"

"당연하지, 내 항상 받기만 하는데 이것 못 도와주겠나. 허허."

화월이의 집은 까만 지붕에 분홍색 몸통을 가진 집이다. 오래된 집이어서 이렇게 종종 말썽을 부리곤 한다.

차를 마시며 푸른 하늘을 보고 있을 때, '딸랑' 하고 문이 열리는 소리가 들려온다.

"저기, 계세요?"

오늘은 굉장한 용기를 낸 소녀인 것 같다.

"네, 어서 오세요."

화월이의 손님맞이는 이렇다.

첫 번째, 가만히 듣고 있기.

두 번째, 부수기.

세 번째, 심리.

네 번째, 용기.

마지막 사라짐…

"이름이?"

"아, 전 행복이요."

"행복이라… 정말 멋진 이름이군요!"

"전 잘 모르겠어요. 항상 친구들한테 놀림을 당했던 이름이라."

"아이구. 그나저나 어떤 고민으로 오셨나요?"

"어… 과거… 과거로 돌아가고 싶어요."

"음. 과거라."

화월이는 자신의 어린 시절을 보는 것 같아 마음이 뭉클했다.

"그 이유가 뭐죠?"

"지금 저의 시간은 후회의 연속이에요. 무엇을 해도 다른 아이들의 비교 대상이 되구요. 항상 조급함에 시달리고 있어요. 다시 일어나 달리는 중이지만 저보다 몇 배는 앞서가는 아이들을 보면 앞길이 막막해 보여요. 그런데 제가 만약 과거로 돌아가 공부를 열심히 했더라면 어땠을까라는 생각이 들어서요"

"흠. 당신의 마음이 어떨지는 알겠어요, 하지만 그때로 돌아간다면 저는 얻는 것이 없다고 생각해요."

"네? 그게 무슨…"

"행복 씨가 정말 돌이키지 못한 행동을 했을 때 얻었던 게 과연 후회뿐인가요?"

"네! 그 후로 저는 자존감이 바닥나고 심지어 '나'라는 존재도 자꾸만 잃어버린다고요. 전 정말 과거로 돌아가고 싶어요."

"돌아간다면 잘할 수 있다는 보장은 있나요?"

"적어도 지금보다는 몇 배는 더 나을 거예요. 아마도."

화월이는 부정적이고 과거에 발목 잡혀 있는 행복이가 안쓰러워 보였다.

"좋아요. 과거로 가고 싶다면 보내줄게요."

"정말요? 감사합니다! 정말 감사합니다!"

"단, 제 이야기를 다 듣고 난 후 말이죠."

화월이는 행복이가 뒤로가 아닌 앞을 향해, 다른 사람과의 경쟁에 이기는 것보단 나 자신과 싸움에서 이기는 행복이로 만들고 싶은 열정에 활활 타올랐다.

"먼저 후회로부터 얻어온 귀중한 것부터 찾아볼까요? 정말 아무것도 없어요?"

"음. 다신 반복하지 말아야 할 것들? 예를 들면, 휴대폰 과다사용, 늦잠, 미루기…"

"오호."

화월이는 행복이가 다시 일어날 수 있다는 기운을 얻었다.

"생각해 보니 전혀 없던 것은 아니네요. 하하."

"멀리 보자면 행복 씨가 과거로 가서 얻는 단순 지식보다 더 행복하게 만들어 줄 수도 있어요."

"그건 느낄 수가 없잖아요, 저는 그냥 눈에 보이는 행복이 좋아요. 다른 사람들의 축하도 받고…"

"뭐 좋아요, 그럼 하나만 물어볼게요. 좋은 성적을 받는다면 어떤 혜택이 있죠?"

"말해 뭐해요, 수없이 많죠. 자랑도 할 수 있고, 좋은 대학도 갈 수 있잖아요!"

"딱"

그때 화월이가 손가락을 튕기며 말했다.

이 행동은 화월이의 하나의 습관인데 문제점을 찾았을 때 하는 행동이다.

"물론 그런 혜택은 모두가 원할 거예요. 그러면 여기서 행복 씨의 문제점이 뭘까요?"

"문제점이요?"

화월이는 행복이의 말이 가벼운 먼지 같다는 것을 알아차렸다.

"그건 행복 씨가 다른 사람들에게 기준을 잡고 만든 거잖아요. 전 정말 행복 씨가 하고 싶은 것 원하는 것을 듣고 싶을 뿐이에요"

"……."

그 순간 행복이는 누군가에게 뒤통수를 얻어맞은 것처럼 머릿속이 하애졌다.

"그럼 제 존재도 잃어버리는 이유가 여기에 있었군요."

"(끄덕) 괜찮아요. 행복 씨만 그런 건 아니니까. 그럼 여기 한번 볼래요?"

"행복 씨가 좋아하는 옷 브랜드를 말해 줘요."

"T사와 F 사 중 어떤 옷이 마음에 드나요?"

"음. T사요. 저는 단순하고 진한 색깔을 좋아하거든요."

"오케이, 그럼 T사와 S사 중에서는요?"

"T사요."

"오, 정말요? 여기 오신 다른 손님들은 S사를 가장 좋아하시던데?"

"아, 그럼 저도 S사요."

사실 S사는 행복이가 좋아하는 옷 스타일과는 전혀 반대인 무늬가 많이 있고 연한 색을 가지고 있는 옷이었다.

"왜요? 행복 씨가 좋아하는 스타일과는 전혀 반대잖아요."

"아니.. 그냥 자세히 보니 이게 더 예뻐 보여서요. 하하"

"음. 이건 양떼 효과 같은데?"

"네? 양떼 효과요?"

"네. 양떼 효과란 무리에서 뒤처지지 않기 위해 다른 이들을 따라 하는 과정에서 나타나는 효과에요. 뒤처지지 않기 위해 어쩔 수 없이 그것을 구매하게 되죠."

"정말 행복 씨가 원하는 것은 T사죠?"

"네."

"자신의 의견에 자신감 없다면 다른 사람의 의견을 따르기 쉬워요. 아까 행복 씨처럼요."

"네, 맞는 것 같아요. 그래서 제 생각이 무엇인지 생각해 보는 시간도 얼마 없는 것 같아요. 자꾸 주눅이 들구요."

"오호."

화월이는 행복이가 자신의 경험과 해 준 이야기를 연관 지어 잘못한 점을 알아가고 있다는 것에 뿌듯했다.

"또, 또 뭐 없어요?"

"음. 앞으로 어떻게 나아가야 할지 모르겠어요. 주변 친구들을 보면 엄청나게 빨리 달리는 타조 같아요. 그 중 저는 쥐에 불가하고요. 그들이 나를 위에서 내려다 보는 것 같아요."

"타조라… 따라잡을 수는 없었나요?"

"…어… 끝까지 해보진 않았죠. 그냥, 그냥 비교되는 것도 싫고 앞서가는 애들을 보면 이미 늦은 것 같아서 매번 포기만 반복해요."

"나중에 보면 조금만 더 해볼 걸이라는 후회가 밀려올걸요?"

"저도 그랬어요. 나보다 더 잘 상담해 주고 전문적인 사람이 많은데 과연 내가 그들에게 도움이 될까하고 말이죠. 근데 해보지도 않고 포기를 한다는 게 한심하고 화가 났어요. 그래서 무작정 달렸죠. 포기하지 않고 달려와 보니 어느새 제가 여기까지 올라와 있더라고요. 어떤 일이 일어날까는 그 누구도 예측할 수 없어요. 그러니까 그런 고민할 시간에 조금씩 앞으로 나아가 봐요. 분명 그 전보다 더 큰 행복을 가져다줄 거니까요."

'헉, 헉 쟤네는 왜 이렇게 빠른 거야?! 헉, 헉,'

'안 돼. 이미 글렀어. 이렇게 길이 보이지도 않는 길을 걸을 바엔 차라리 그만할래.'

행복이는 해보지도 않고 포기해 버린 자신이 부끄러웠고 그동안 허비했던 시간이 아까웠다.

"행복 씨, 행복 씨의 미래는 어떨 것 같나요?"

"음. 저는 안정적인 직장에다 돈도 많이 벌고 좋은 가정을 꾸리고 살 것 같아요."

"어떻게 그것을 알 수 있나요?"

"그냥."

"미래는 과거와 현재의 행복 씨가 만들어나가는 거예요. 때로는 지금처럼 포기하고 싶고 어딘가에 기대있고 싶을 때가 있어요. 그럴 땐 그냥 잠시 기댈 수도 있고 쉬어갈 수도 있어요.

하지만 절대로 포기해서는 안 돼요. 포기는 행복 씨의 길을 막는 장애물이에요. 한두 번이 아니죠. 그러나 그것을 헤치고 나아간다면 행복 씨는 이긴 거예요. 다른 사람과의 경쟁에서가 아닌 바로 자신과 싸움에서 말이죠. 다른 사람과의 경쟁에서의 성취감을 70이라고 한다면 자신과 싸움에선 그 2배, 아니, 그것보다도 훨씬 더 많은 행복을 가져다줄 거예요. 물론 지금 당장은 느끼지 못하더라도 나중에 반드시 그 노력에 대한 보답을 받을 거예요. 넘어져도, 나만 남겨져 있는 것 같은 느낌에도 그냥 꾸준히 내 갈 길을 가면 돼요. 그 사람이 행복 씨의 인생을 살아주는 건 아니니까요."

행복이는 머릿속에 있던 뿌연 안개가 사라지는 것 같았다.

"자! 이제 남은 건 선택뿐이에요."

"전…"

"아! 잠깐! 반드시 기억해요. 선택 전에는 망설이지 말고, 선택 후에는 후회하지 말라는 것을요."

"전 갈래요."

"어디로?"

"당연히 앞으로죠. 달리는 것이 안 되면 걸어서라도 앞으로 나아갈 거예요. 물론 지금 같은 상황은 계속 올 거란 것은 말 안 해도 알아요. 근데 해보지도 않고 그렇게 말하는 건 어리석은 짓이라고 생각해요."

"현명한 선택이라 믿어요. 하하"

"감사합니다. 저에게 많은 것을 깨달을 수 있게 해주셔서요. 심리학이 우리의 삶과 이렇게 끈끈하게 연결된 줄은 몰랐어요."

"맞아요. 그게 제가 심리학에 빠진 이유이죠. 하하. 아 참! 아침에 구운 빵이 있는데 먹고 가요. 연지야!"

"네네, 여기!"

"우와 진짜 예쁘다. 먹기가 아까울 정도예요."

"이게 다 우리 연지의 작품이라고! 하하"

"그럼 잘 먹겠습니다."

"행복 씨."

갑자기 화월이가 빵을 먹으려는 행복이를 불렀다.

"오늘 만나서 정말 행운이라고 생각해요."

"히히, 저도 그렇게 생각해요."

"자, 이제 빵 먹어요."

"우와! 달콤하고 폭신폭신해요."

"눈을 감고 느껴 봐요."

"음."

행복이가 눈을 떴을 땐 화월이의 '쉬어가는 집'이 보이지 않았다.

"어? 내가 여기 왜 왔지?"

그렇다. 화월이가 행복이에게 먹인 빵은 화월이의 존재를 잊게 하는 것이다. 다만 화월이가 들려준 이야기는 행복이의 머릿속에 그대로 남아 있다.

화월이는 창문으로 행복이가 가는 모습을 본다.

'행복 씨, 제가 해준 이야기보다 앞으로 느끼는 이야기가 많을 거예요. 그 기회를 당신의 것으로 만들었으면 좋겠어요. 행복 씨가 가는 길 멀리서 지켜볼게요. 오늘 정말 고마웠어요.'

화월이는 시원한 바람을 맞으면서 속으로 말했다. 화월이는 자신에게 너무 기대지 않았으면 했다. 그저 자신이 느끼고 헤쳐나가는 것이기에…

"연지! 오늘 수고했어. 저녁은 뭐?"

"음. 파스타?"

"오오. 좋아. 내가 해줄 게. 하하."

저녁을 마치고 연지는 집으로 돌아간다.

"화월, 오늘 정말 재미있었어. 난 여기만 오면 기분이 몽글몽글해지고 천천히 하루를 보낼 수 있어서 좋아"

"크큭, 그게 내가 바라던 것이기도 하지. 조심히 가고 내일 봐!"

"그래!"

화월이는 정말 좋은 사람들은 만나고 만날 수 있어서 감사함을 느꼈다.

"야옹"

"어? 로이!"

"밥 먹으러 왔구나. 잠시만 기다려"

"야옹"

화월이는 로이에게 밥을 주며 로이와 오늘 있었던 일을 이야기한다. 로이는 화월이의 말을 들어주며 곁에 있어 준다.

"로이, 오늘 행복이를 만난 건 행복이의 용기 덕분이겠지?"

"야옹"

"행복이가 무언가라도 잡을 용기 없이 포기했다면 오늘 같은 날을 없었을 거야"

로이를 보내고 화월은 해야 할 일을 마무리한다. 씻으면서 오늘의 피곤함을 벗어 내리고 화월이는 책상에 앉아 오늘 있었던 일로 자신이 어렸을 때의 일을 생각하며 시 한 편을 쓴다.

아파트

이화월

힘든 몸을 이끌고 돌아가던 중
밤마다 빛을 내는 아파트의 불빛을 본다.
그 빛은 항상 켜져 있다.
오늘 하루도 잘 마쳤다는 것을 알려주려고

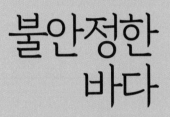

불안정한 바다

정상록

1

　대한민국 어느 도심에 있는 심리 상담소. 작지도 않고 그렇게 크지도 않다. 보통 크기의 회전문을 거쳐 건물 안으로 들어갔다. 에스컬레이터를 타고 3층까지 올라갔다. 3층에서 동료들과 인사를 나누고, 아는 후배에게 커피를 받고, 내 사무소에 들어갔다. "안녕하십니까?"

라는 인사로 반겨주는 후배들, 햇볕을 쬐며 광합성을 하는 식물들.

가장 앞에 있는 후배에게 커피를 한 잔 주면서 말했다.

"오늘도 나를 반겨줘서 고마워. 혹시 예약 손님 있니?"

후배는 커피를 받으며

"아니요 없습니다. 대략 2시간 정도 쉬는 시간이 있는데, 어디 가시겠습니까?"

"아니, 오늘은 처리할 게 있어서 그냥 있으려고."

앞에 있던 후배는 알겠다고 하고 돌아서 하던 일을 계속했다.

나는 다른 문이 나올 때까지 앞으로 걸어 갔다. 문을 열고 방에 들어가서 외투를 의자 위에 얹고, 책상 위에 있던 서류를 보면서 의자에 앉았다.

서류라고 하긴 뭐한 종이를 들여다본다. 처음에는 수십 장 있던 종이들을 훑어보고, 다음에는 중요한 부분에 컬러 펜으로 칠하며 다시 읽고, 마지막으로 칠하지 않은 곳을 꼼꼼히 살펴본다. 내용은 17명의 학생의 심리에 대해서이다. 나는 앞에 있는 노트북에 한글이라는 앱을 켜서 '심리가 조금 특이한 17명의 아이'라고 타이핑한다. 지금은 그 다음 학년으로 올라가는 시기. 학교에서는 이 학생들에게 몇 안 되는 검사를 한다. 현재 아이들의 생각, 원하는 직업, 학교생활, 친구 관계, 가정의 문제가 있는지 등등 여러 가지 검사를 통해 아이들의 심리를 파악한다거나 가장 좋아하는 것과 어려워하는 것 등을 파악한다. 그리고 내게 오는 것은 아이들의 심리 검사 결과다. 그 중에 나는 심리가 불안정한 아이들과 상담을 한다. 심리 상담사인 내게 있어 가장 힘든 것은 고등학생이 되었는데도 불구하고 아직 자신만의 세상을 가지고 있는 아이들이다. 고등학생쯤 되면 공부를 한다고 바쁠 시기인데도 그런 아이들은 자신만의 무언가를 찾아 나선다. 하지만 그런 아이들을 그렇게 방치해두면 언제 큰일이 벌어질지 모르기 때문에 나 같은 직업을 가진 사람들이 있는 것이다. 그리고 오늘은 예약 손님이 없기 때문에 17명의 아이를 어떻게 마주할지 고민하는 날이 될 것이다.

고민하는 사이 오후 6시가 되었다. 오늘은 이만하면 됐다고 생각한다. 그리고 내일 3명을 만나기 위해서는 충분한 수면이 필요하다. 그래서 오늘은 집에 일찍 들어가 자야만 한다.

2030년 3월 21일 (목)

'신의 은총이 있기를'
지각이다. 집에 아무도 없다는 게 이렇게 무섭다.
"하, 빨리 준비 해야지."
나는 이불을 걷어차고 일어나 다급하게 준비했다. 아침 먹을 시간도 없다. 당장 문을 열고 나간다.
"차키!! 하, 늦었는데 진짜."
다시 집에 들어가서 키를 챙기고 나온다.
차에서 내려 곧장 엘리베이터로 갔다. 다행히 지각은 아니었지만 사무소에 들어가 보니 나 빼고 모두 자리에 앉아 있었다.

"미안, 오늘 늦잠 자는 바람에 좀 늦었어. 첫 학생이 몇 시에 오기로 했지?"

"4시 30분쯤입니다. 시간은 넉넉하게 있습니다. 자료 계속 읽으시겠어요? 아니면 오시는 분들 상담하시겠어요?"

"자료 읽고 있을게. 그럼 다들 일 봐."

후배와 대화를 하며 커피를 타고 있었다. 나는 커피를 들고 안쪽 방에 들어갔다. 어제와 마찬가지로 서류를 봤다. 일단 처음에 오는 학생은 한은하, 17살, 평범한 아이로 보이긴 하지만 특정하게 몇 명한테만 자신의 마음을 열어 자신 그대로를 보여 준다. 이렇게 보면 그냥 신기한 아이로 보이지만 아이가 매우 내성적이다. 하지만 그런 것도 이유가 다 있다고 생각한다. 모두가 외향적일 수는 없다. 물론 모든 아이가 같을 수도 없다. 세상에는 재미있는 아이가 있으면 시시한 아이도 있기 마련이다. 사람은 다양한 성격을 가지고 있다. 한 성격이 나오면 그에 반대되는 성격이 나온다. 나는 우리가 자신의 성격을 쉽게 바꿀 수 없어서 심리가 불안정해진다고 생각한다. 우리가 만약 성격을 쉽게 바꿀 수 있다고 한다면 자괴감 때문에 심리가 불안정해지는 사람이 있을 수 있다고도 생각했다.

2

<4시 20분>

"시간입니다. 지금 가면 될 것 같습니다."

후배는 A4 용지 4장을 주며 내게 말했다. 나는 종이를 받고 당장 상담실로 들어갔다. 내가 들어오고 몇 분 되지 않아 누가 문을 두드 렸다. 나는 풀어진 단추를 단정하게 잠그고 학생에게 들어오라고 했 다. 문이 열리고 여자 아이가 한 명 들어왔다. 그녀는 내게 인사를 건 네고 바로 앞에 있는 의자에 앉았다.

"안녕하세요. 저는 학생의 심리 상담을 맞게 된 이정인이라고 합 니다. 혹시 자기소개 부탁해도 될까요?"

"아, 안녕하세요. 저는 한은하라고 합니다."

그녀의 목소리 톤이 계속 줄어져 갔다. 나는 이럴 때 먼저 친해지 는 것이 먼저라고 생각한다.

"그렇구나. 그럼 은하는 은하가 왜 여기에 있는 거 같아?"

"저, 제가 잘못해서…"

그녀는 자신감이 없는 것 같았다. 나는 지금 자신을 안 보여주고 있는 걸지도 모른다고 생각하고 있었다.

"은하 잘못이 아니야. 은하는 제대로 했어. 제대로 했는데 나라에 서 은하가 힘들어하는 거 같다고 판단한 거야. 그래서 상담을 한 번 제대로 받아 보라고 한 거야."

"그렇구나."

그녀가 이해한 것 같아서 다행이다. 여기서부터가 난제다. 내용을 어떻게 이어갈지.

"은하는 꿈이 있나요?"

"아니요. 아직 없는 거 같아요."

"그럼 은하는 노는 거 좋아해요?"

"네, 혼자… 노는 거… 퍼즐 같은 거 좋아해요."

"그래? 그럼 친구들하고는 안 노나요?"

"친구들이랑은 시간 되면 놀아요.."

"친구들이랑 얘기할 땐 너 자신을 그대로 보여준다고 하던데. 혹시 선생님한테는 보여줄 수 있어요?"

"아니요. 친구들 말고는 믿을 수가 없어요. 선생님은 이게 원래 선생님이에요?"

"어, 아니요? 선생님은 여러 성격을 가지고 있는 친구들을 봐 와서 아이들을 보면 그 친구한테 가장 좋은 성격을 사용하고 있어요."

"아, 그럼 둘 다 똑같네요?"

"맞아요. 그러니까 선생님한테는 은하의 진심을 말해 주면 좋겠어요."

그녀는 네, 라고 말하고 흐트러져있던 자세를 바로잡고 의자를 앞으로 당겨 바르게 앉았다.

"은하는 학교에 다니는 건 괜찮아요?"

"네, 학교에 가면 친구들도 있고, 수업 시간에 들어오는 선생님들도 재미있어요."

"그렇구나, 지금 재밌으면 다행이네요. 근데 저번에 학교에서 조사한 것 중에 은하가 자살 시도를 해본 적이 있다는 것에 체크를 했어요. 혹시 그게 언제인지 알려줄 수 있나요?"

나의 말에 은하는 뜸을 들였다. 시간이 지날수록 은하가 기억하지 못하는 것인지 아니면 말을 하기 싫은 것인지 궁금해지기 시작했다.

"그, 2학년 때였어요."

"그럼 그때 왜 그런 생각을 했는지는 기억하고 있어요?"

"살기 싫었어요."

금세 표정이 어두워졌다. 내가 안 좋은 기억을 상기시킨 것일지도 모른다. 하지만 그걸로 물러날 순 없었다. 이 상황을 이겨내지 못하면 이 아인 절대로 바뀔 수 없다.

"그때 무슨 일이 있었어요? 아니면 그전부터 그랬어요?"

"무서웠어요. 아무도 모르는 곳에 가서 친구 없이 지내는 거, 혹시 제가 누군지 알면 어떡하나 싶어서."

"2년 전에 전학을 왔어요?"

"네. 2학년 4월쯤에 전학을 왔어요. 초반이기도 하고 해서 모두랑 친해지려고 했어요."

"친해졌나요?"

"네, 2학년에 대부분 애들과 친해졌어요."

"그럼 그 후에는요? 어떤 트러블이 생겼나요?"

"네.. 그게 여자애들이랑 좀 다퉜어요. 그래서 친구가 조금씩 줄었어요."

"그렇구나. 그래도 마음을 바꾸지 않고 그대로 지냈다면 어땠을 거 같아요? 아마 은하는 원하는 대로 살지 못했을지도 몰라요. 자살 시도뿐만이 아니었을지도 몰라요. 더 큰 일이 일어나서 다시는 수습할 수 없을 상황에 처할 수도 있었어요. 은하가 마음을 바꿔 살아간 덕분에 선생님 앞에 이렇게 앉아 있을 수 있다고 생각해요. 은하는 만약 그때로 돌아간다면 어떤 선택을 할 건가요?"

"저, 저는 똑같은 삶을 선택할 거예요. 비록 비참하고 외롭고 슬플지라도 저는 지금의 제가 좋아요. 지금의 제가 아니라면 이런 말을 당당하게 말하지 못했을 거예요. 저는 이런 말을 할 수 있는 지금의 제가 너무 자랑스러워요."

"다행이에요. 절대 이 기분을 잊지 말고 기억해 주세요. 은하가 힘들거나 지칠 때, 비참하거나 외롭다고 느낄 때, 이 기분을 기억하고 있다면 힘이 될 거예요."

"네! 절대 잊지 않을게요. 감사했습니다."

은하는 자리에서 일어나 고개를 숙여 인사를 하고 문고리를 잡았다. 문을 열려고 하는 순간 뒤를 돌아서 물었다.

"혹시 선생님도 저처럼 이런 때가 있었나요?"

"네, 물론이죠. 어떤 사람이든 사람이라면 누구나 이런 경험은 한 번씩 있어요. 그 순간에 어떤 선택을 하느냐에 따라 사람의 길이 갈리는 거예요. 은하의 선택은 은하가 가는 길을 좋은 방향으로 가게 했어요. 물론 이걸로 끝이 아니에요. 앞으로도 수없이 많은 시련을 겪을 것이고 시련을 통과한다면 그것은 또 하나의 경험이 될 거예요. 그러니까 앞으로는 남의 의지가 아닌 스스로 이겨낼 수 있는 방법을 터득해야만 해요. 선생님은 은하가 잘할 거라 믿어요."

"네! 열심히 할게요. 그리고 열심히 해서 저도 선생님처럼 옛날의 저 같은 아이들을 만나 상담을 해서 좋은 방향으로 이끌게요. 꼭 될 테니까 그때까지 기다려 주세요!"

"물론이에요. 꼭 되어서 선생님을 만나러 오길 빌게요. 그러니까 열심히 해주세요."

은하는 네, 라고 하고 잡고 있던 문손잡이를 돌려 문을 열고 밖으로 나갔다. 이렇게 한 아이의 어찌 될지 모르는 미래를 잠시나마 좋은 방향으로 바꾸었다. 지금부터는 그 아이가 하는 것에 달렸다. 아마 그 아이는 잘할 것이다. 그렇게 굳게 믿고 은하에 관한 서류를 정리하고 파일에 넣어 파일이 많이 있는 곳에 올려놓고 다음에 들어올 아이의 파일을 꺼내 안에 있는 서류를 뺐다.

3

다음에 올 아이는 김지나, 이번에 만날 17명의 아이 중 두번째로 힘든 아이다. 자신만의 특이한 이상세계가 있는 아이. 이런 아이들은 정말 힘들다. 은하는 어두운 분위기를 띄면서 후에 밝아지지만 이번에는 처음부터 밝은 성격이면서 끝까지 밝다. 이런 아이들이 상담을 받게 되는 이유를 나는 크게 두 가지로 나누었다. 먼저 자신의 이상세계를 믿어주는 사람이 없어서 소외되어 살아가다가 외로움을 느껴 자살 시도를 한 아이, 그리고 단지 호기심으로 자살 시도를 하는 아이. 이 아이는 후자일 것이다. 이유는 일단 그녀가 논리적이기 때문이다. 논리적인 아이들은 다른 사람들을 끌어들이는 편이다. 그래서 좀 더 위험할지도 모른다. 결국은 외로움 때문에 자살 시도를 할 일이 없다. 그래서 그녀가 호기심으로 해봤을 것이라고 생각하는 것이다. 하지만 선입견을 품어선 안 된다. 직접 그녀를 만나보고 정해야 한다. 생각하고 있는 사이에 그가 온 것 같다.

〈5시 30분〉

문밖에서 노크하는 소리가 들려왔다. 들어오라고 했다. 그녀는 문을 열고 들어와 약간 높은 텐션으로 인사를 했다.

'내가 생각한 그런 이미지가 아니라고!?'

나는 그를 보자 생각했다. 이때까지 본 아이 중에서 이 아이와 맞는 성격을 찾아낼 수 없는 기분이 들었다. 그녀의 목과 팔은 붕대로 감겨 있었다. 상상은 했지만 그 이상이다.

"여기에 앉으면 되나요?"

"아, 네. 어, 자기소개를 부탁해도 될까?"

나는 이런 아이들에겐 친근하게 다가가는 것이 좋다고 생각한다.

"네! 17살 김지나라고 합니다. 그, 학교에서 가라고 했어요. 왠지 제가 이상한 사람이 된 느낌이 드는 곳이네요. 오기 싫었는데."

"그렇구나. 지나는 검사에서 전부 정상으로 나왔어요. 근데 몸에 상처랑 붕대 때문에 학교에서 보낸 것 같아요. 혹시 붕대 안쪽을 볼 수 있을까요?"

그녀는 뜸을 들이며 작은 소리로 안 되는데, 라고 말했다. 하지만 그녀는 그러면서도 자신을 보여주기 위해서인지 붕대를 풀고 있었다. 그녀의 목에 있던 붕대가 풀려나갔다. 다 풀렸다. 목의 상처를 본 나는 경악을 금치 못했다. 목젖 바로 아래로 가로로 그어져 있는 매우 긴 상처와 그것을 수직으로 그은 세로로 된 6개의 상처.

"지나야, 이제 괜찮으니 다시 감아도 될 것 같아. 상처가 심하게 나 있구나?"

"제가 낸 것에요."

목에 붕대를 다시 감으며 그녀가 말했다.

"근데 어떤 상담을 받으면 되나요?"

"음. 먼저 지나가 왜 그런 상처를 냈는지 알려줄 수 있니?"

"괴로워서요."

"괴로워? 어떤 게 괴로웠는지 자세히 알려줄래?"

"왕따에요. 학교에서 애들이 괴롭히고 그래서 괴로웠어요."

"아, 힘들었겠구나. 많은 상처가 있었던 이유는 괴롭힘을 당해서였구나."

그녀는 가녀린 목소리로 네, 라고 답했다. 지금 내게 비치는 그녀의 모습은 마치 어미를 잃은 새끼 사자였다.

"그래도 선생님은 지나가 대단하다고 생각해. 듣기만 해도 이렇게 무서운 일들을 지나는 버텨왔고, 버티는 과정이 잘못됐다고 하더라도 괜찮아. 버티지 못해서 죽는 사람들이 얼마나 많은데, 아마 선생님이 똑같은 상황이었다면 선생님은 스스로 목숨을 끊는 걸 선택했을 거야. 다른 애들도 선생님이랑 똑같은 선택을 했을걸? 물론 지나도 스스로 상처를 냈지만, 목숨을 끊지는 않았잖아? 지나는 아마 죽으려고 한 그 순간에 발버둥을 친 걸 거야. 지나는 아직 죽기 싫지?

그러니까 선생님과 함께 한 번 더 발버둥 쳐보는 거야! 어때?"

"그렇게 하면 정말 괜찮아질까요?"

"물론이지! 안 된다면 될 때까지 해봐야지 않겠어?"

"하지만 끝까지 안 되면……."

"지나야, 세상에 100%라는 가능성이 없는 건 맞아. 하지만 1%의 가능성이 있다면 그것은 가능할 수도 있어. 마치 우리가 바다 위를 갈 수 있는 것도, 하늘 위에 있을 수 있는 것도 전부 1%라는 가능성이 있었기 때문이야. 그러니까 지나야, 포기하면 안 돼 할 수 있는 데까지 해봐야지."

"제가 뭘 할 수 있나요?"

"성격을 외향적으로 조금씩 바꿔보는 건 어떨까? 어렵다는 건 선생님도 잘 알지만.."

"해 볼게요!"

그녀는 내 말을 끊고 한층 높아진 목소리로 말했다. 보기엔 화가 나 보이지도 않았다.

"혹시 부끄러워?"

"그, 그런 거 아니에요!"

속으로 말하고 있던 게 나도 모르게 나와 버렸다. 하지만 그 덕에 지나가 부끄러워한다는 걸 알았다.

"최… 최대한 해볼게요. 힘들면 다시 올 테니까. 계속 여기 있어주세요."

그녀는 작은 목소리였지만 힘내어 끝까지 말했다. 그러고는 벌떡 일어나선 가겠다고 하며 빠른 걸음으로 문까지 갔다. 하지만 균형을 잡지 못했는지 땅을 짚었다.

"꼭 성공해 보일 테니까!"

그녀가 일어나며 말했다. 그녀는 매우 당당해 보였지만 그녀의 눈에서는 조금씩 눈물이 떨어지고 있었다. 나는 곧바로 의자를 돌려 뒤에 있던 창문을 통해 바깥 경치를 보았다. 경치라고 할 정도의 높은 건물도 아니었지만 오늘만은 달랐다. 그녀의 첫걸음에 하늘에선 눈이 내렸기 때문이었다. 한 소녀의 시작이 눈이라니 일이 잘 풀리지는 않아도 아마 포기하지 않는다면 끝에는 매우 좋은 성과가 있을 것이다.

먼저 상담한 두 아이는 약간 다른 케이스였다. 특히 두 번째의 아이는 전혀 달랐다. 논리적이니 뭐니 너무 선입견을 품은 것 같았다. 이걸로 나도 조금 더 발전했으면 좋을 것 같지만 아직 아닌 것 같다. 아직 정말 힘든 아이가 남아 있기 때문이다. 하지만 다행히 그는 가장 마지막 날이라는 것이다. 그리고 오늘 세 번째로 상담한 아이는 흔히 있는 케이스라서 상담이 수월하게 지나갔다. 세 번째 아이는 부모와 일어난 트러블 때문에 부모와 같이 상담소를 방문했다. 대체로 부모와 상담소를 찾아오지만 못 오시는 부모님들도 가끔 있다. 물론 오늘도 두 명이 그랬다. 하지만 아이들이 항상 힘든 일이 있다고 부모에게 먼저 말해야 하는 것은 아니다. 혼자 오는 아이들도 있을 뿐더러 친구와 오는 아이들도 가끔씩 있다. 친구와 온다면 부모 앞에선 하지 못하는 말을 좀 더 쉽게 할 수 있다. 심지어 요즘은 부모보다는 친구를 더 신뢰 한다. 그런고로 나는 요즘 아이들에게는 자신에게 귀를 기울여주는 부모가 필요한 것이 아니라 친구가 필요하다고 생각한다.

그럼 오늘은 이걸로 끝 내일 예약은 4명이다. 내일은 이상하게도 모두 같다. 모두 학업 때문이다. 학업이 가장 어렵긴 하지만 그게 4명이라니 감당이 안 된다. 하지만 다행히도 2명이 친구여서 같이 상담하기로 했다.

4

2013년 3월 22일 (금)

어두컴컴하다. 빛 한 줄기 없는 이곳은 어디며 나는 왜 여기에 있는가.. 사고를 정지하는 그때 앞에 빛으로만 이루어진 글씨가 생겼다. 'believe' 믿음. 나는 빛을 향해 손을 뻗었다. 빛에 닿기 직전에 큰 소리가 났다. 그와 동시에 내가 잠에서 깼다. 꿈이었다. 대체 무엇을 의미하는지 전혀 감이 없다. 어제와 달리 가장 먼저 도착했다.

"오랜만에 빨리 왔으니까 물이나 줘야지."

너무 빨리 온 나머지 할 게 없던 나는 식물들에게 물을 주기 위해 물통에 물을 채우러 갔다.

"역시 화장실은 멀어. 왜 이렇게 멀리 있는 거지?"

나는 투덜투덜하면서도 화장실을 향했다.

"얘들아, 많이 먹어라."

나는 식물들에게 물을 준 후에 의자에 풀썩 앉아서 생각했다.

'또 할 게 없어. 대체 뭐하지.'

내가 생각하고 있는 사이에 꽤 시간이 흘렀는지 밖에서 발소리가 들렸다. 아마 들어와서 오른쪽 가장자리에 앉는 후배라고 생각한다. 그는 항상 빨리 와서 서류를 작성하고 혼자서 커피를 마시며 다른 사람들이 오는 거 기다리는 타입이다. 소리가 가까워졌다. 금세 코 앞까지 왔나 보다. 문이 열렸다. 그가 맞았다. 그는 소파에 앉아서 커피를 마시는 나를 보고 놀랐다. 놀람도 잠시 그는 내게 인사를 하고 자리에 앉았다.

"희준아, 커피 타 줄까?"

"앗! 선배님이 타 주시는 커피! 처음이에요. 타 주시면 감사히 받겠습니다."

"그, 그래. 이렇게 빨리 오는 날도 별로 없으니까."

나는 곧바로 커피를 타서 가져다 줬다.

"와, 감사합니다, 선배님."

"서류 작성하는 건 안 힘드니? 혹시 힘든 게 있으면 말해 줘. 언제든 도와줄 테니까."

"네! …아! 선배님은 처음에 왔을 때 가장 힘들었던 게 뭐였어요?"

"솔직히 잡무 일이 가장 힘들었지. 그래서 너희들한테는 크게 안 시키잖아? 커피 타는 건 확실히 싫었어. 하지만 말이야, 그렇게 싫어하던 걸 지금은 하고 있다?"

그의 눈이 자신의 커피잔으로 갔다.

"아! 그런 게 아니야."

그가 놀란 듯이 나를 쳐다봤다.

"선배들한테 커피를 타 주는 건 자신이 살아남기 위해서가 대부분이야. 하지만 후배들한테 타 주는 건 그런 이유가 아니잖아? 후배들이 힘들어하는 것도 들어주고, 공감해 주면서 이야기를 하다 보면 금세 힘들고 지쳤던 지난 일들이 마치 없어진 것처럼 느껴져. 그리고 그날 하루를 둘 다 힘낼 수 있는 거야."

그는 내 말을 들으면서 고민을 하는 것인지 계속 커피잔만 보고 있었다.

"아직은 이해하지 못해도 괜찮아. 그리고 너도 나중엔 내가 말한 걸 떠올리고 후배들한테 얘기를 전해 주고 이 말들을 전부 이해할 거야."

내 말이 와 닿았는지는 모르겠지만 그는 정신을 차리고 다시 서류를 작성하기 시작했다.

그리고 또 한 명의 하나의 발소리가 들렸다.

"안녕."

그녀는 김민주, 2주 전만 해도 해맑았는데 오늘은 전혀 그렇지 않다. 밤늦게까지 한 서류 작성이 있었나 보다. 안 보이던 다크서클도 보이기 시작했다. 그녀가 자리에 풀썩 앉자 그대로 책상에 엎어졌다. 나는 곧바로 그녀를 위해서 커피를 타려 했지만, 그녀가 밤을 새우기 위해서 커피를 계속 마셨을지도 모른다는 생각이 들었다. 만약 그렇다면 그녀를 위하는 것이 아니게 돼버린다. 알았다. 홍차다. 홍차라면 그녀에게도 좋을 것이다. 나는 바로 만들어서 그녀의 책상에 살포시 올렸다.

"에? 고마워."

그녀는 나를 희준이라고 착각하고 있는 것 같았다. 그는 서류 작성을 너무 열정적으로 하는 탓에 이 상황에 대해 전혀 모르고 있다. 결국은 이 상황을 나 혼자 해야 한다는 것을 깨달았다. 하지만 다행히도 그녀가 눈을 비비면서 잔의 손잡이를 잡고 나를 봤다. 그녀는 나를 알아보자.

"에!? 혹시 이거 선배님이 하신 건가요?"라고 물어봤다. 내가 맞다고 하자 그녀는 기쁜 마음을 잘 먹겠다고 했다.

"설마 선배님이 해주실 줄은 꿈에도 생각 못했어요. 감사합니다. 근데 혹시 희준이도 받았어요?"

"어, 맞아. 희준이는 커피, 민주는 너무 피곤해 보였으니까 좀 녹이라는 의미로 홍차. 역시 커피가 나았으려나?"

"아! 아니요. 괜찮아요."

"그래? 다행이다. 아, 참, 혹시 밤새웠어?"

"아, 네. 할 일이 많아서 어쩌다 보니 늦었더라고요. 조금 더 하다가 아침에 자버렸어요."

그녀는 잔에 입을 댄 채 조금씩 마시고 있었다.

"일이 힘들면 선배한테 만해 힘든 건 도와줄 테니까. 알았지?"

"네! 근데 선배 오늘 빨리 오셨네요?"

"아, 오늘따라 왠지 눈이 빨리 떠졌거든. 그래서 할 것도 없길래 바로 온 거야."

우리는 3명이 함께 계속 대화를 이어갔다. 제일 처음 왔을 때 누가 가장 좋았는지, 싫었는지, 후배들 사이에서의 연애 얘기라던가, 선배들이 없을 때 남은 후배들은 어떤 걸 하는지.. 등등. 얘기를 하는 가운데 사람들이 점점 들어왔다. 나는 들어오는 후배들에게 마실 걸

줬다. 둘러앉아 후배들하고 얘기한다는 게 이렇게 재밌는지 몰랐다. 힘든 일이나 최근 꾼 악몽, 고민거리 같은 것들은 잠시 잊고 다 같이 재밌는 이야기를 한다. 이렇게 시간 가는 줄도 모른 채 이야기를 해본 게 얼마만인지 옛날은 기억도 나지 않았다.

5

〈5시 50분〉

꽤나 늦은 시간이다. 오늘은 앞서 3명과 상담을 해서 늦었다. 오늘 마지막으로 볼 학생은 손태현, 학교 측에서 말하기엔 학업 문제로 부모와 싸우고 자신의 방에서 스스로 목을 조르고 기절을 했다고 한다. 나는 솔직히 이런 문제는 부모가 상담을 받아야 한다고 생각한다. 이 문제에 대해선 아이들이 상담을 받는 것은 전혀 의미가 없다.

"안녕하세요."

"안녕, 태현아. 여기에 앉으면 돼."

그는 네, 라고 답하고 의자에 앉았다.

"태현이는 학교에 친구들이 어느 정도 있어?"

"아직은 13명 정도? 있어요."

"그래? 많이 있네? 태현이는 사교성이 좋은가 보네.~?"

"아뇨, 그냥 공통으로 할 말이 있으니까 말하다 보니 친해진 것뿐이에요."

"에이~ 사람들이랑 말도 하지 않으려 하는 사람들이 얼마나 많은데."

그 예가 옛날의 나였다. 절대로 다른 사람들과 말을 섞으려고 하지 않았다. 하지만 그것은 정말로 외로웠다. 나는 2년이란 시간 동안 외톨이처럼 그 누구와도 대화하지 않았다. 그게 외롭다고 생각하게 된 것은 고 3이 끝날 무렵이었다. 그래서 고등학교에서의 추억이 거의 없다. 축제나 체육대회, 수학여행 등 학교에서 한 여러 행사가 있었을 테지만 내가 즐긴 것은 하나도 없었다. 심지어 기억나는 것은 아무도 안 온 처참한 졸업식뿐이다. 사방을 둘러봐도 가족과 함께 있었다. 나만 혼자였다. 혼자 졸업장을 들고 선생님께 인사도 하지 않은 채 집으로 뛰어갔다. 그때 내가 외롭다고 느꼈다. 지금은 아니지만 나도 옛날엔 그랬다는 것이다. 내가 말하고 싶은 건 성공한 사람도 과거에 밑바닥이었을 때가 있었다는 것이다.

"혹시 그게 선생님인가요?"

"네, 맞아요. 하지만 지금은 아니라고요? 외롭다는 건 무서우니까."

"저, 저는 부모님이 학업에 관해 너무 신경 쓰는 것 같아서.. 저한테 관심이 있는 게 아니라 제 성적에만 관심이 있는 것 같아서 너무 외로웠어요. 그래서 홧김에."

'아, 그런 이유였구나.'

세상에 사람들이 외로워하는데 이유는 매우 많다.

"그렇구나. 홧김에. 그렇게 하면 부모님이 너한테 신경을 써줄 것 같았니?"

"아, 그게 네."

"절대 그렇지 않아. 어쩌면 뇌에 문제가 없는지 병원부터 갈지도 몰라. 10년 전만 해도 이런 말이 있었어. '공부를 못하면 효도를 하지만 공부를 잘하면 불효한다.' 하지만 인식이 바뀐 현재는 공부를 잘해야 효도한다고 하지. 그러니까 태현이의 부모님은 태현이한테 효도를 바라고 있는 게 아닐까?"

"아, 그러면 제가 어떻게 하면 될까요?"

"어떡하든 의미가 없다고 생각해. 좋은 방법이라면."

그가 말을 끊고 약간 목소리를 높여서 말했다.

"좋은 방법이란 게 있나요?"

"부모님들이 하시는 학업에 관한 말들을 무시해 보는 게 어떨까?"

"하지만 힘들지 않을까요?"

"듣고만 있으면 아마 더 답답하고 짜증만 날 것이야."

"그럼 어떻게요?"

"그때는 방에 들어가서 공부를 하면 돼. 말이 쉽지 행동은 엄청 힘들다는 건 알아. 하지만 말이야, 자신의 몸에 상처를 내는 것보단 훨씬 더 좋지 않을까? 부모님의 말에게서 도망칠 수도 있고, 공부도 되고 좋은 거 같은데?"

"꽤 괜찮은 방법일지도 모르겠네요."

"그래? 결과는 어떻든 상관없어. 부모님이 너를 알아보면 되는 거야! 그러니까 너의 최대한을 보여줘"

"네, 감사했습니다."

"그래, 열심히 해보렴."

그는 네, 라고 하고 문을 열고 나갔다. 이걸로 오늘 상담 종료다.

"끝나셨어요? 오늘 엄청 힘드셨을 텐데."

"응. 엄청 힘들었어. 그래도 역시 보람 있는 일이야. 앞으로도 더할 수 있어!"

"선배, 무리하지 마세요. 그러다가 쓰러져요."

"맞아, 정인아. 내일도 상담 있잖아."

6

2030년 3월 23일

'anger' 어제와 마찬가지… 오늘은 분노…

"아침… 인가?"

오늘은 토요일, 빠르면 아침부터 예약이 있는 날이다. 하지만 다행히도 오늘은 점심을 먹은 후다. 오늘은 2시 20분에 상담을 시작할 것이다. 오늘 예약은 단 1명이다. 내일 4명이 있긴 하지만 오늘이 매우 중요하다. 오늘의 상담은 아이가 어떤 방향으로 갈지 모른다.

"얘들아, 안녕. 아직 11시네?"

"네, 그러게요. 배고픈데."

"너 온 지도 별로 안 됐잖아."

"에에. 저 아침 못 먹고 왔단 말이에요."

"그건 네 잘못이잖아?"

나는 그들을 보며 피식 웃었다.

"아! 웃으셨다! 선배, 지금 저희 보고 웃으셨죠!"

"미안, 너무 잘 놀길래 그만, 웃어버렸네."

"역시 이렇게 다 같이 웃는 것도 좋네요."

〈2시 15분〉

'똑똑'

문 너머에서 들려왔다. 그러고는 한 남자아이가 들어왔다. 그리고 뒤따라 두 명이 들어왔다. 그들은 그가 보호 대상이라는 것을 인식시키고 있었다. 그는 어릴 때부터 분노를 조절하지 못했다. 어릴 때부터 그래왔기 때문에 아마 이런 상담을 많이 해 봤다고 생각한다. 하지만 결국은 조금도 고쳐지지 못했다. 심지어 더 악화되기만 했다. 그런 그가 너무 불쌍해 보인 나는 그에게 단도직입적으로 물어보았다.

"이렇게 매번 상담 받는 거 싫지?"

그는 대답하지 않았다. 대신 의자를 잡아당겼다. 그러자 문 옆에 서 있던 그들이 다가오기 시작했다. 그때 나는 일어나서 그들에게 멈추라는 사인을 보내고 그에게 다가갔다. 그들은 원래 위치로 돌아갔고, 나는 그의 앞에 서 있었다.

"꺼져!"

나는 그 한 마디가 너무 감사했다. 어쩌면 말 한 번 하지 못한 채 상담이 끝나버릴 수도 있기 때문이었다.

"고마워 말을 해줘서."

나는 그의 머리를 쓰다듬으면서 말했다.

"만지지 마! 짜증나니까."

나는 손을 내리고 그 손으로 의자를 집어 원래 자리로 돌려놨다.

"다리 아플 텐데 앉으렴."

"싫어. 나한테 명령하지 마."

"그래? 그럼 선생님도 안 앉아야지."

나는 의자를 옆으로 치우고 그처럼 일어서 있었다.

"짜증나. 나 때문에 그런 짓까지 하지 말라고!"

그는 의자에 앉으면서 말했다.

"거봐, 앉을 거면서. 성운이는 뒤에 있는 사람들을 어떻게 생각해?"

"내 이름 함부로 부르지 마! 저것들 짜증 나."

그는 화를 내면서도 내게 일일이 대답해 주었다.

"그럼 상담하는 동안 둘만 있을까?"

"그러든가."

그는 여전히 짜증이 나는 말투였다. 나는 뒤에 서 있는 둘에게 다가가 잠시 밖으로 나가 있으라고 했다.

"하지만, 괜찮으시겠습니까?"

그들 중 왼쪽에 있던 사람이 내게 다가와서 작은 목소리로 말했다.

"네, 저는 괜찮으니 밖에 계셔 주세요."

그들은 나의 말에 고개를 끄덕이고 밖으로 나갔다.

"어때? 감시받는 게 전혀 없어지니 마음이 홀가분하니?"

"드디어 없어졌네. 하루에 16시간. 속박에서 풀린 기분이야. 선생님, 이름이 뭐예요?"

"선생님 이름은 이정인이야. 만나서 반가워."

그는 갑자기 순해진 양 같았다.

"아. 안성운입니다."

"그래, 성운아. 성운이가 분노를 주체 못한다고 들었는데, 맞니?"

그는 네, 라고 답했다.

"혹시 왜 그런 건진 알고 있니?"

"네. 초등학교 5학년 때였어요. 학교에서 쉬는 시간마다 나한테 지우개를 던졌어요. 그냥 가만히 있었는데 계속하더니 나중엔 수업 시간에도 던졌어요. 그때 너무 짜증이 나서 지우개를 개한테 던졌어요. 정확히 이마에 맞았어요. 나는 그때 일어나서 개한테 갔어요. 화를 컨트롤할 수 없었어요. 그래서 나는 계속 그 애를 때렸어요. 선생님이 맞기 전까지… 계속 때리다 보니 근처에 소리가 들리지 않았어요. 그래서 선생님이 멈추라고 한 것도 몰랐죠. 선생님은 최악의 방법을 사용했어요. 대신 맞다니… 그런."

"아. 그렇구나. 그렇게 했으면 당연히 학교 측에서 조치를 취했겠구나."

"네. 근데 학교에선 제가 분노를 조절 못해서 개를 팼다고 말했어요. 그 덕에 저는 학교를 1주일간 가지 못했고 그사이에 저런 사람들이 생겨났어요. 하루에 16시간을 감시하죠. 지금은 그런 게 없어져서 몸이 날아갈 것만 같아요."

"그래? 다행이네. 근데 선생님이 말이야 궁금한 게 있어서 그런데 질문해도 될까?"

그는 쿨하게 네, 라고 답했다.

"그렇게 감시했는데 성운이는 어떻게 자살 시도를 했던 거야?"

"아, 그건 씻을 때죠. 씻는 시간이 정확히 정해져 있어요. 그래서 욕조에 들어가서 나오지 않고 계속 들어가 있었어요. 숨이 막혀서 올라가고 싶어도 그걸 참고. 그렇게 있다가 시간이 다 되면 '쟤네들이 들어와요. 그럼 그걸 알고 부모한테 말하겠죠. 그럼 부모한테 먼저 한 대 맞고 다음 날 학교에 가요. 근데 그날이 검사하는 날이었어요. 그래서 거기에다가 자살 시도를 해본 적이 있다고 체크하고 냈죠. 그래서 여기 있는 거예요."

"그래? 그럼 조금이라도 늦었으면 아마 못 만났을지도 모르겠네?"

"네, 뭐 그렇죠."

그는 시계를 보더니 표정이 급변했다. 그의 표정은 이때까지 본 아이 중 가장 싫어하는 얼굴을 하고 있었다. 그리고 부모가 올 시간이어서 그런지 그는 마치 당장이라도 나가고 싶어 했다.

"혹시 나가고 싶니?"

"당연하죠. 근데 나가면 안 되잖아요."

"아니, 나가도 돼. 선생님은 성운이의 마음 잘 알았으니까."

"아, 네. 그럼."

"아, 성운아. 마지막으로 밖에 있는 사람들한테 안에 들어오라고 해줄래?"

그가 나갔다. 그리고 20초가 흘렀을 무렵 문이 다시 열리고 그들이 들어왔다. 그리고 그들을 뒤따라 그의 부모님도 들어왔다.

"안녕하십니까? 이정인이라고 합니다."

그의 부모들은 자신이 그의 부모라고 소개했다.

"부모님 단도직입적으로 말하겠습니다. 성운이의 원인은 뒤에 있는 그들입니다. 하루에 16시간 동안 감시를 한다고 들었습니다. 솔직히 부모님들도 그렇게 감시 당하면 안 보이는 곳에서 자살을 시도할 것입니다. 그러니 성운이에게서 그들을 없애주십시오."

"… 네. 한 번 해보도록 하겠습니다. 그럼."

그의 부모는 나가기 직전에 내게 물었다.

"그나저나 저희 아이를 이름으로 부르네요? 저희도 못하는데. 어쩌면 저희보단 선생님이 더 부모 같네요."

"아뇨, 지금부터라도 성운이의 진정한 부모가 될 수 있어요. 그걸 정하는 건 누군지 알죠? 절대 모든 일을 아이에게 기대지 마십시오. 그 정도로 약한 부모는 자식을 키울 의미가 없습니다."

그들은 감사하다는 말을 남기고 떠났다.

〈4시 30분〉

"내가 생각해도 답답한 부모였어. 만약 나한테 그런 부모가 있었다면 아마 집을 나갔을 거야. 그 아이는 정말 강한 아이야."

"그러게요. 아마 저도 같이 못살았을 거 같아요."

"나도. 근데 그 아이 부모랑 관계가 괜찮아질까?"

"괜찮아지지 않을까?"

"그래도 그건 모르는 일이죠. 저라면 반년은 말 안 할 것 같아요."

"맞아. 솔직히 그건 학교 측을 그대로 믿은 부모 잘못도 있어."

"그렇지. 근데 이렇게 말하고 있으니 어떻게 될지 궁금해지기도 하네요, 선배."

"정말 그러네. 나는 괜찮아질 거라고 믿고 있어.

7

오늘도 마찬가지. 오늘의 글자는 'return'이다. 뜻은 '돌아오다'. 아마 오늘은 3년 전에 상담한 아이와 한 번 더 하기 때문인 것 같다.

⟨3시 50분⟩

"오랜만이네요, 선생님."

"들어올 땐 노크해야지, 하은아."

"음. 다음부터 그럴게요."

"학생 때는 이게 마지막이야. 1학년 때만 그런 거야. 작년이나 재작년에 상담 하지 않았잖아?"

"음, 맞네요. 그나저나 고등학생이 됐는데도 상담을 받으러 와야 하네요."

"3, 40대도 와. 이건 네가 그날 이후로 마음을 굳게 안 먹었다는 의미잖아. 자리에 앉아."

"네. 근데 꼭 그런 것만은 아니에요. 2학년 1학기까지는 괜찮았나요. 왠지 2학기부터 마음이 바뀌기 시작하더라고요. 그러다가 마음을 못 잡아서."

"흠. 그래? 이상하네. 혹시 무슨 계기가 있었다던가? 그런 거 아
닐까? 인간은 원래 계기가 있어야 바뀌는 거야. 원인이 있으면 결과
가 있듯이."

"계기라… 그닥 크게 없던 거 같은데."

그는 한참 동안 고민을 했다. 하지만 그는 여전히 고쳐지지 않은
버릇이 있었다.

"너 고민하다가 손톱 뜯는 버릇은 아직도 못 고쳤구나? 그 버릇은
고쳐두는 게 좋다고 말했는데."

"아. 저도 모르게. 이것도 2학기부터인 것 같아요."

그는 자기의 인생을 한없이 원망하며 살았다. 자신의 인생은 의미
가 없다, 살 필요가 그다지 없는 것 같다. 등 삶을 포기한 말만 해왔
다. 내가 그를 처음 본 건 그가 초등학교 2학년 때였다. 대부분 9살
때는 자신의 인생에 대해 생각지도 않는다. 하지만 그는 어린 나이
에도 불구하고 자신의 인생이 의미 없다고 생각했다. 그런 아이들을
보면 역시 옛날의 나를 보는 것만 같았다. 어린 나이에 이미 삶을 포
기했지만, 친구들은 있다. 나 역시 그때는 친구가 있었다.

"아! 있다! 생각났어요."

"정말? 뭔데?"

그는 당황스러운 표정으로 턱을 꿰고 있었다.

"2학기 때 학교에서 야영을 간 적이 있어요. 그때 다른 학교 애였
는데 좀 친해진 애가 있었어요. 그 애가 좀 어두운 성격이었는데, 왠
지 옛날의 저를 보는 것만 같았어요. 그래서 그 애랑 친해지고 장난

도 치고 야영이 끝나고도 연락을 자주 했었는데요. 어느 날부터 연락을 안 받기 시작했어요. 그러고 2일 후였나? 뉴스에서 본 거예요. '모 학교 2학년 여학생 아파트 옥상에 투신자살' 그걸 보고 혹시? 싶었는데 맞더라고요. 그 이후로 왠지 저도 어두워지기 시작한 거 같아요."

"그래? 그건 좀 놀라운걸? 아마 그건 같다고 여긴 애가 없어져서 내가 그 애가 되어야겠다고 생각했기 때문일 거야."

"흠. 그런 건가?"

그는 또 한 번 고민에 빠졌다.

"그럼 이렇게 하는 건 어떨까?"

"어떻게요?"

"너는 그 애가 계속 어두운 성격이라고 생각했기 때문에 그녀와 동일시했을 때 어두워진 거야. 하은이랑 얘기하면서 그 아이도 꽤 나 밝아졌을 거야. 그러니까 이제 그 아이를 대신해서 하은이가 밝 아지는 거지. 어때?"

"괜찮아요. 근데. 정말 가능할까요?"

그는 아직도 고민하고 있었다. 대체 어떤 고민을 하고 있는지 감이 안 잡혔다.

"하은아, 지금 뭘 고민하고 있어?"

"과연 그 애가 밝아졌을까 하고 고민하고 있었어요."

"흠. 그건 말이야. 아마 하은이가 아직 어둡기 때문인 것 같아. 먼저 하은이가 밝아진다면 말이야 그 아이와 하은이가 얘기를 할 때 그 아이가 밝아졌다고 생각하게 되지 않을까?"

"그렇구나! 근데 결국은 제가 밝아져야 하네요?"

"응. 확실히 그게 가장 중요하지? 어때 가능하겠어?"

"일단 해봐야죠. 안 되면 될 때까지. 언젠가 그 아이의 마음을 이해하게 될 거예요. 제가 밝아지는 것이 먼저이긴 하지만 가장 노력해야죠."

"그래. 되길 바랄게."

"네! 그럼 이만 끝내는 걸로 하고. 감사했습니다. 선생님."

그가 일어나서 나갈 때 그의 자존감이 동시에 올라간 것처럼 보였다. 마치 그의 등에서 새하얀 날개가 펼쳐지는 것 같았다.

8

2030년 3월 28일 (목)

어찌어찌해서 요 며칠 동안 17명 아이와 상담을 했다. 하지만 마지막인 오늘 내게 가장 어려운 아이와의 상담이 있었다. 이 아이는 살면서 많은 인간을 이용해 왔다. 하지만 그에 대한 죄책감이란 것이 전혀 없었다. 그는 인간이라고 하기엔 너무 잔인했고, 괴물이라 하기엔 너무 상냥했다. 여기서 상냥하다는 것은 그의 말이 매우 순수했기 때문이었다. 세상에는 '순수 100%'라는 말이 있다. 여기서 1%라도 다른 것이 있다면 그것은 불순물이며 순수 100%가 아니게 된다. 그런데 그는 순수했지만, 그의 말에 진실이란 것이 존재하지 않았다. 다시 말하자면 그의 말에는 항상 거짓밖에 없었다는 것이다. 이것이 너무 모순되었다고 생각할지 모르겠지만 여기에는 나도 모르는 여러 의미가 있었다. 그것은 마치 아직도 지구에서 우주의 신비를 밝히지 못한 것처럼 세상에 수많은 의문점이 있는 것처럼. 나는 그래서 그를 미지의 아이라고 판단했다. 죄책감이 없는 아이, 솔직히 있을 수도 있다. 하지만 사람과 인간을 구별하며 소시오패스이면서 수많은 사람 가운데 서서 행복이라는 것만을 내뿜는 아이, 과연 이런 아이도 세상에 널려 있을 수 있을까? 이미지의 아이는 마치 혼자 남은 멸종위기 동물처럼, 때로는 고생대에 혼자 바다에 있는 생물처럼 보이기도 했다. 이런 미지의 아이를 내가 상담을 했다는 것부터 놀람이 끊이질 않았다. 그가 나의 말을 잘 알아들었는지는 모르겠지만 이것 하나는 장담할 수 있다. 그런 아이들도 모두 그렇게 된 계기가 있다. 그래서 그 계기에 대한 오해를 풀어주면 된다는 것이다.

7년 뒤 – 6월 30일

나의 사무실에 손님 2명이 찾아왔다. 그것도 상담이 아니라 만나고 싶었다는 이유였다.

"오랜만이네요, 선생님. 저 선생님처럼 심리 상담사가 되었어요."

"에? 은하니?"

"네, 맞아요. 그리고 옆에 있는 이 사람은."

"선. 선생님."

"혹시 성운이니?"

"뭐야 아는 사이였어요?"

"아, 너희 둘 다 내게 7년 전에 상담을 받았어."

255

은하가 나와 같은 직업을 갖게 되어 찾아온 것도 놀랐지만 그들이 결혼하게 되었다는 것이 가장 충격적인 사실이었다. 이것은 그들이 스스로의 노력으로 해 낸 것도 있지만 나의 상담이 힘이 되었다는 것을 의미했다. 이런 일들을 보고 보람되다고 말하는 것인가. 이렇게 또 하나의 감정을 알아갔다. 앞으로의 후배들이 보람을 느낄 수 있도록 힘내야겠다.